FO FHASGADH BEINN CHIANABHAIL

MÒRAG ANNA NICNÈILL

FO FHASGADH BEINN CHIANABHAIL

MÒRAG ANNA NICNÈILL

OSCR
Scottish Charity Regulator
www.oscr.org.uk
Registered Charity
SC047866

Riaghladair Carthannais na h-Alba
Carthannas Clàraichte/
Registered Charity SC047866

Bòrd na Gàidhlig

Air fhoillseachadh ann an 2025 le Acair,
An Tosgan, Rathad Shìophoirt, Steòrnabhagh, Eilean Leòdhais HS1 2SD

www.acairbooks.com
info@acairbooks.com

Deilbhte agus dèanta le Acair

Dealbhachadh an teacsa agus a' chòmhdaich le Joan MacRae-Smith às leth Acair

Gheibhear clàr catalogaidh airson an leabhair seo bho Leabharlann Bhreatainn.

Chuidich Comhairle nan Leabhraichean am foillsichear
le cosgaisean an leabhair seo.

Tha Acair mothachail air riatanasan an Aonaidh Eòrpaich a thaobh GPSR.

Tha Acair a' faighinn taic bho Bhòrd na Gàidhlig.

Clò-bhuailte le Hobbs, Hampshire, Sasainn

LAGE/ISBN 978-1-78907-191-7

WORLD LAND TRUST™
www.carbonbalancedprint.com
CBP2250

FSC www.fsc.org MIX Paper from responsible sources FSC® C020438

Mòrag Anna NicNèill

'S ann à Horgabost anns Na Hearadh a tha Mòrag Anna NicNèill, ged a tha i an-diugh a' fuireach ann am Barraigh. Bha i a' teagasg Gàidhlig airson còrr is 25 bliadhna ach tha i a-nis a' sgrìobhadh làn-ùine. Choisinn i Duais nan Sgrìobhadairean Ùra bho Chomhairle nan Leabhraichean agus Urras Leabhraichean na h-Alba ann an 2015, agus tha i air grunn dhuaisean eile a bhuannachadh on uair sin, nam measg Duais Cuimhneachaidh Chrisella Rois airson *Artair sa Chaisteal* ann an 2018, agus an duais airson an leabhair fhicsein as fheàrr aig Duaisean Litreachais 2020 airson *An Tiortach Beag agus Sgeulachdan Eile.*

CLÀR-INNSE

1

Chun an Eilein

Shaoil Coinneach nach fhaca e sealladh cho brèagha na bheatha nuair a lùb am bàta-aiseig a-steach dhan Chamas Ghorm agus a chunnaic e an t-eilean a-rithist. B' e oidhche chiùin Chèitein a bh' ann, agus ged a bha i a' sreap ri deich uairean, cha robh a' ghrian fhathast air a dhol fodha. Bu tric a chuala e a mhàthair ag ràdh gur e seo an t-àm a b' fheàrr leatha dhen bhliadhna, agus nuair a nochd Baile a' Chamais gu h-obann air an làimh dheis, a' deàrrsadh mar òr anns a' chamhanaich, smaoinich Coinneach gun robh i ceart. Bha an cù-chaorach molach a bh' aig a chasan a' crathadh earbaill gu dealasach, mar gun robh e a' leughadh smuaintean a chompanaich agus ag aontachadh riutha.

"Dè do bharail, a Lurain?" thuirt Coinneach, agus e a' cur làmh ghràdhach air ceann a' choin. "Saoil am bi sinn air ar dòigh an seo?"

Rinn an cù comhart aithghearr agus dh'imlich e a làmh. Rinn Coinneach gàire agus thionndaidh e air ais chun an eilein. Chitheadh e togalaichean na sràide a' dìreadh suas bhon chidhe nan sreath, agus na b' fhaide air falbh, taighean a' bhaile an siud 's an seo air an leathad, mar sheudan lainnireach fo fhasgadh Beinn Chianabhail. Thug e fa-near nach robh sgeul air an t-seann mhuilinn

---

anns a' chamhanaich *in the twilight*
mar sheudan lainnireach *like radiant jewels*
fo fhasgadh *in the shelter of*

agus gun robh taighean ùra air rathad a' Ghlinne. Chuir e iongnadh air cho beag 's a bha an t-àite a' coimhead, ach chuimhnich e an uair sin nach robh e air cas a chur air an eilean on a bha e na bhalach, agus thàinig e a-steach air mar a bhios dealbh na h-inntinne agus an da-rìribh gu math fada bho chèile aig amannan. Choimhead e air uaireadair agus thuirt e ris fhèin gum biodh i dorcha a-nis ann an Sasainn.

Rinn a mhionach rùchdail. Bha e am beachd rudeigin a ghabhail anns a' chafaidh nuair a sheòladh am bàta, ach bha e air tuiteam na chadal, agus b' e guth meacanaigeach a dhùisg e nuair a bha iad a' teannadh ri tìr. Bha Luran na shuain aig a chasan, e fhèin air a shàrachadh cuideachd leis an astar fhada a bha iad air a shiubhal. Smaoinich Coinneach gum b' fheàirrde iad a dhol a-mach chun an deic, e an dòchas gun dùisgeadh èadhar fhuar na mara iad mus rachadh iad air ais chun a' chàir.

Thog e a làmh ri a mhala, a shùilean a' sgrùdadh na h-àrainne, feuch am faiceadh e rudeigin a bheireadh brìgh is beatha do na cuimhneachain a bh' aige air dùthaich a mhàthar. Bha an fhairge ciùin agus bha na gathan-grèine mu dheireadh a' cluiche gu socair air bàrr na mara agus a' pògadh nan creag. An siud 's an seo, bha bàtaichean-iasgaich dathte a' dubadaich anns a' bhàgh, agus chluinneadh e sgiorrghail thoilichte air taobh thall a' chladaich far an robh clann a' cluiche. Leum a chridhe nuair a smaoinich e air gach feasgar samhraidh a chuir

---

tuar car seunta *a slightly magical hue*
solas liath-ghorm a' chòmh-thràtha *the lilac light of dusk*
mar phlathadh dealanaich *like a flash of lightning*

e fhèin seachad, a' cleasachd gu sona anns an dearbh àite. Bha an sealladh mar sheann aisling – aisling air an robh tuar car seunta ann an solas liath-ghorm a' chòmh-thràtha, agus na comharran-tìre nach fhaca e o chionn fhada a' nochdadh, fear mu seach, air a bheulaibh. Mean air mhean, thàinig ainmeannan air ais thuige: An Tobar Ruadh, Allt na Cailliche, Rubha nan Sgarbh, Ceann a' Bhàigh. Shìn e a-mach na b' fhaide air an rèile agus tharraing e anail dhomhainn.

Ann am priobadh na sùla, bhuail fàileadh sònraichte a' chamais e mar phlathadh dealanaich – teàrr is ola is ròpannan; peant, sàl na mara agus feamainn a' chladaich; iasg agus maorach – agus bha e deich bliadhna a dh'aois a-rithist, e na ruith gu sgiobalta sìos tron Ghleann a dh'ionnsaigh na laimrige, far am biodh Calum agus a' chlann eile ga fheitheamh airson a dhol a shlupraich anns na glumagan. Dh'fhairich e buille gheur cianalais na bhroilleach agus dhùin e a shùilean. Chuala e sgal nam faoileag àrd os a chionn agus na inntinn, chunnaic e peile beag buidhe làn chrùbag. Rinn e gàire.

"A' chiad turas agad chun an eilein?"

Chlisg Coinneach agus dh'fhairich e aodann a' fàs dearg. Thàinig cùbhrachd mhilis, spìosrach gu a chuinnleanan agus nuair a thionndaidh e, bha boireannach caol, bàn ga choimhead, air an robh am falt a bu dualaiche a chunnaic e riamh na bheatha. Bha fiamh-ghàire air a bilean agus lasadh feòrachail na sùilean gorma. Laigh sùil Choinnich

---

airson a dhol a shlupraich anns na glumagan *to go and splash in the pools*
am falt a bu dualaiche *the curliest hair*

air an t-seacaid spaideil a bh' oirre agus air a' bhaga mhòr leathair a bh' aice air a gualainn. Rinn Luran dranndan ìosal is an uair sin comhart grad, mus do chrùb e sìos air an deic agus e a' sgiùgail gu muladach. Chuir seo beagan iongnaidh air Coinneach agus stad e mionaid, a' ciùineachadh a' choin, mus do thionndaidh e air ais chun a' bhoireannaich.

"Chan e. Uill... bhithinn a' tighinn an seo nuair a bha mi beag."

"Seadh. Tha thu gu math eòlach air an àite ma-thà?"

Ghnog Coinneach a cheann. Cha b' e duine fosgarra a bh' ann idir, agus bha e air a bhith toilichte gu leòr na sheasamh air an deic, ag amharc a' chuain agus dol fodha na grèine, gun chompanas no cuideachd a dhìth air ach Luran agus a smuaintean. Ma thug am boireannach an aire nach robh e airson còmhradh rithe, cha tug i feart, agus lean i oirre ga cheasnachadh.

"Tha càirdean agad air an eilean?"

Choimhead Coinneach a dh'ionnsaigh na beinne. Bha a shùilean a' sireadh an taighe, agus dh'fhairich e biorgadh eile na bhroilleach nuair a chuimhnich e nach biodh duine ga fheitheamh ann a-nochd.

"Tha – uh, uill, chan eil. Chan eil tuilleadh. Bha mo sheanmhair a' fuireach an seo... ach chaochail i an-uiridh."

"Màiri Dhùghaill Bhig a' Ghlinne – shuas anns a' Chadha Ghlas!"

Rinn am boireannach gàire agus las i siogarait. Shèid

---

fosgarra *forthcoming/open*
cha tug i feart *she ignored*

i a-mach smùid mhòr ceotha bho thaobh a beòil, a thug air Coinneach ceum a ghabhail air falbh bhuaipe. Ma mhothaich i, cha do shaoil i càil dheth. Bha an toit is fàileadh làidir na cùbhrachd aice a' tionndadh a stamaig agus bha e an dòchas nach fhuiricheadh i ro fhada. Rinn Luran dranndan eile agus thòisich e a' comhartaich, gu mosach an turas seo. Dh'fhairich Coinneach deàrrsadh a' tighinn na aodann a-rithist.

"Nach ist thu, a Lurain! Siuthad a-nis – air do shocair!"

"Tha mi an dòchas nach eil an gearradh ann," thuirt am boireannach agus i a' gabhail ceum air falbh bhuapa.

"Chan eil, chan eil. Tha e uabhasach solta," thuirt Coinneach gu cabhagach agus e a' gabhail grèim teann air coilear a' choin. "Cha bhuin e dhuibh."

Bha am boireannach a' smocadh agus a' coimhead air Luran gu teagmhach, ach ma bha eagal aice roimhe, bha a' mhiann a bh' aice airson tuilleadh fiosrachaidh na bu làidire buileach.

"An tusa a fhuair an taigh aice, ma-thà?"

Ma bha Coinneach a' faireachdainn mì-chofhurtail mar-thà, cha mhòr nach robh tuainealaich a' tighinn na cheann a-nis, an dà chuid le cion a' bhìdh agus le ceistean a' bhoireannaich.

"'S tusa a fhuair an taigh? Taigh na cailliche?" dh'fhaighnich i a-rithist.

Bha e air dìochuimhneachadh cho ceasnachail 's a bha cuid de mhuinntir an eilein, mar a bhiodh iad a' gabhail

---

nach eil an gearradh ann *that he doesn't bite*

gnothach, agus a' faighneachd rudan nach dùraigeadh daoine eile. Chuimhnich e mar a throideadh a mhàthair ris nuair a chanadh e seo rithe, ise ag ràdh nach robh ann ach coibhneas, a' sealltainn nan ceanglaichean làidir a bh' aig muinntir an àite ri chèile. Cha leigeadh an t-eagal leis faighneachd dhi carson, ma-thà, nach robh iad air tilleadh chun an eilein bhon a chaidh iad a dh'fhuireach a Shasainn.

"'S mi," fhreagair e mu dheireadh. "Taigh Granaidh."

"A-rèist, 's tusa an gille aig Magaidh!" Rinn i gàire eile, agus mhothaich e gun robh fiacail òir na beul. Bha e a' cur iongnadh air nach robh e ga h-aithneachadh, ach bha a leithid de dh'ùine air a dol seachad, smaoinich e, agus 's mathaid gun robh i beagan na bu shine na e, no bho thaobh thall an eilein.

"A bheil thu a' dol a dh'fhuireach an seo ma-thà? Ann an taigh do sheanmhar?"

Bha i a-nis a' sgrùdadh aodainn gu dùrachdach agus cha robh fios aig Coinneach dè chanadh e rithe.

"Uill… Chan eil mi cinnteach fhathast…"

Bha a sùilean biorach ga gheur-amharc, ach bha an sgìths air inntinn Choinnich a chur bun-os-cionn, agus chuala e a bhriathran fhèin ag innse barrachd 's a bu mhiann leis dhan bhoireannach chabach seo, a bh' air tighinn air gun fhiosta.

"Tha agallamh agam airson obair – "

"Anns an sgoil!"

---

nach dùraigeadh *wouldn't dare/like to*

Thuig Coinneach nach b' e ceist a bha seo idir agus dh'aithnich e gun robh a' chriomag fhiosrachaidh air a h-ùidh a ghleusadh. Shèid i a-mach an tuilleadh toite, a' ruith a teangaidh tarsainn air a bilean dearga mus do lean i oirre. "Obair an tidseir shaidheans! Uill!"

Rinn i gnòst bheag ìosal fo a h-anail agus bha Coinneach mothachail gun robh a sùilean a' dèanamh measadh cabhagach air a chuid-aodaich, air fhalt 's air fheusaig, agus air an fhàinne bhig airgid a bh'aige na chluais. Airson tiotan, smaoinich e gun tàinig atharrachadh air a gnùis. Bha e a-nis a' gabhail aithreachas gun robh e air guth a ràdh rithe mun obair. Dè mura faigheadh e i? Agus ciamar air an aon saoghal a thuig i gur e tidsear a bh' ann? Smaoinich e an uair sin gum biodh obraichean gann air an eilean, agus gum biodh fios aig a h-uile duine gun robh tè a' dol anns an sgoil. Ruith e a làmh tarsainn air aodann, mar gun robh e a' feuchainn ris an sgìths a bha ga bhuaireadh a shuathadh air falbh, agus ghnog e a cheann a-rithist.

Bha i fhathast ga choimhead, ach a-nis cha robh i ag ràdh guth.

Gu clis, dh'èirich a' ghaoth, agus dhùin doras le brag am badeigin air an cùlaibh. Dh'fhairich Coinneach crith-fhuachd a' dol troimhe agus shlaod e coilear a sheacaid suas mu amhaich. Thòisich Luran a' grùnsgal a-rithist.

"Seadh. Ma tha càr agad, tha an t-àm agad a dhol sìos thuige," thuirt am boireannach mu dheireadh. Leis a sin,

---

air a h-ùidh a ghleusadh *had piqued her interest*

thilg i an t-siogarait dhan mhuir agus thionndaidh i a dh'ionnsaigh an dorais air an tàinig i a-mach, a' toirt sùil shearbh air Luran anns an dol seachad a bh' aice. Cho luath 's a dh'fhalbh i, thòisich esan a' crathadh earbaill, ach bha sunnd Choinnich air falbh cuideachd, air a smàladh mar an toitean a chaidh a shadail dhan uisge.

B' ann nuair a bha iad a' cromadh na staidhre chun a' chàir a bhuail e air nach robh fios aige cò ris a bha e air a bhith a' bruidhinn. Ged a bha ise air iomadh ceist a chur airsan, cha robh esan air fiù 's faighneachd dhìse dè an t-ainm a bh' oirre, no cò às a bha i. Na inntinn, chuala e guth cruaidh a mhàthar a' trod ris a-rithist airson a bhith cho mobhsgaideach.

---

anns an dol seachad *in the passing*
mobhsgaideach *feckless/slow*

2
Ella Bheag

Bha Ella ann am meadhan an ùrlair agus i trang a' dannsa, grèim teann aice air doileag bheag luideagach agus i a' toinneamh mun cuairt is mun cuairt air a socair le a dà shùil dùinte. Bha i air a sgeadachadh anns an trusgan annasach àbhaisteach aice – b' e sin culaidh-choimheach sìthiche, a chunnaic i an turas mu dheireadh a bha iad anns an Òban, ach a bha a-nis air fàs gu math robach air sàillibh nach robh e a' falbh far a druim. Cuide ris an dreasa uaine shìoda agus na sgiathan beaga gleansach, bha bòtannan dubha oirre agus currac clòimhe buidhe mu a ceann. Don neach nach b' aithne Ella NicLeòid, b' e sealladh iongantach dha-rìribh a bh' innte. An-dràsta, bha i ann an saoghal beag dhi fhèin, agus i a' crònan an duain nach tuigeadh duine sam bith ach i fhèin cuideachd.

"Tha an t-àm agadsa a dhol dhan leabaidh, a leadaidh," thuirt a màthair rithe gu coibhneil ach le dùrachd na guth.

"Shh... shh... shh!" fhreagair an tè bheag, agus i a' fosgladh a sùilean gu cabhagach; sùilean uaine, a bha cho soilleir ri muir a' Chamais Ghuirm air latha samhraidh, ach a bha a-nis a' lìonadh gu grad le fearg agus mì-thoileachas. Chrath i a ceann agus thòisich i a' brunndail rithe fhèin, a mailghean beaga dubha a' teannadh dlùth air a chèile agus e follaiseach nach robh briathran a màthar a' còrdadh rithe.

---

culaidh-choimheach sìthiche *a fairy costume*
nach robh e a' falbh far a druim *idiom: she never took it off*
a' crònan an duain *humming the ditty*

"Siuthad a-nis, Ella. Greas ort!" thuirt a màthair, agus am beagan foighidinn a bh' aice a' traoghadh air falbh. Thug i an doileag bho làmhan na tè bige agus thog i gu taobh a cinn i, mar gun robh an creutair beag a' cagarsaich na cluais. "Ò seadh, a Phiullag – tha thusa sgìth cuideachd, agus ag iarraidh a dhol dhan leabaidh?"

"Shh!" dh'èigh an tè bheag a-rithist, ach na bu làidire.

Dh'fhairich Flòraidh an cuideam ud air cùlaibh a sùilean, a bha a' ciallachadh nach robh ceann goirt fada air falbh, agus thug i dhith a speuclairean. Chuir i an doileag air a' bhòrd le osna. "Siuthad a-nis, Ella. Tha Piullag ag iarraidh a dhol bà-bà."

Ach cha robh Ella airson guth comhairle a ghabhail agus lean i oirre ag eacarsaich, mun cuairt is mun cuairt, gu siùbhlach, sgiobalta, mar ghille-mirein beag sunndach nach gabhadh stad. Bha grian an fheasgair a' sruthadh a-steach air an uinneig, agus bha na sgiathan lainnireach aice a' priobadh agus a' clisgeadh anns an t-solas. Thog i a h-aodann a dh'ionnsaigh a' bhlàiths agus rinn i gàire. Bha luairean a' tighinn ann an ceann Flòraidh ga coimhead.

Bha Ella eadar-dhealaichte bho chlann eile. Cha robh innte ach còig puinnd nuair a rugadh i, agus bha fios aig Flòraidh cho luath 's a chunnaic i an leanabh beag leis an fhalt dhorcha is na cluasan beaga biorach gun robh rudeigin ga dìth. Ged a thuirt na dotairean gun robh i fallain gu leòr, bha e follaiseach do Fhlòraidh nach robh cùisean mar a bu chòir. Cha ghabhadh i sàsachadh agus cha sguireadh i a rànaich.

---

a dhol bà-bà *idiom: to go beddy-byes (said to children)*
mar ghille-mirein *like a spinning top*
rudeigin ga dìth *she lacked something*

"Tha i diofaraichte, sin agad e. Air leth; sònraichte..." bha Calum air a ràdh an toiseach, ach cha b' fhada gus an tug esan a chasan leis, nuair a bha an rànaich gun abhsadh gus a chur às a rian.

Ach bha gaol a beatha aig Flòraidh air an tè bhig, le dàimh mhàthaireil a bha a' fàs na bu làidire leis gach buille dhe a cridhe, agus bha fios aice nach cuireadh ise a cùlaibh rithe a-chaoidh. Agus ged a bhiodh i a' rànaich gu cràidhteach, bha Ella Bheag tapaidh gu leòr, gun chàil a choltas euslaint oirre – ach cho mì-nàdarra beag 's a bha i. Bha a h-uile càil mu a deidhinn beag: a ceann is a cluasan, a làmhan is a casan, a h-òrdagan is a h-ìnean, a sròn is a sùilean – a bodhaig air fad. Agus ged a bha i air a bhith sia bliadhna san Fhaoilleach a chaidh seachad, aon fhacal dòigheil cha tuirt i riamh na beatha. Chaidh measaidhean is sgrùdaidhean gun àireamh a dhèanamh oirre, ach cha d' fhuaireadh riamh a-mach adhbhar a balbhachd. Chanadh na dotairean is na h-eòlaichean gun robh dàil cànain cumanta gu leòr, ach bha a h-amharas fhèin aig Flòraidh. Agus a dh'aindeoin gach nì, dh'fhàs Ella Bheag – Ella rag, ghearaineach, eas-umhail – aig an robh an gàire a bu taitniche nuair a bha i air a dòigh, agus a bha a' tuigsinn a h-uile facal a chuala i riamh na beatha, ged nach tigeadh smid dòigheil às a beul fhèin. Bha claisneachd aice a bha mì-nàdarra cuideachd. "Cluinnidh i am feur a' fàs!" chanadh Granaidh gu sunndach, a gràdh fhèin follaiseach anns na seann sùilean donna agus i ag amharc na tè bige.

---

gus an tug esan a chasan leis *idiom: until he took off*
gun abhsadh *incessant*
adhbhar a balbhachd *the reason for her muteness*

Choimhead Flòraidh air an dannsair bheag a bha am meadhan an ùrlair, a' meòrachadh air a' mhì-fhortan a dheònaich sealbh dhi, agus a' feuchainn gun smaoineachadh air na bha an dàn dhi fhathast.

Gu h-obann, leig Ella ràn aiste a dhùisg Flòraidh bho a smuaintean. Bha i air stad a ghluasad agus bha i a-nis na seasamh le a ceann gu aon taobh, mar isean beag ag èisteachd gu cùramach ri rudeigin fon talamh. An toiseach, bha dùil aig Flòraidh gur e fuaim a' bhàta-aiseig a bha i a' cluinntinn, ach leis an stùirc a bh' air a h-aodann, bha e follaiseach gun robh barrachd air a sin a' dèanamh dragh dhi. Thòisich i a' gearan air a socair, a' crathadh a cinn bho thaobh gu taobh agus an uair sin, ann an làrach nam bonn, shreap i dhan t-sèithear-thulgaidh a bh' aig Flòraidh fon uinneig.

Ach ò, dè a-nis? smaoinich Flòraidh, agus a h-inntinn a' ruith thairis air a liuthad rud nach fhuilingeadh an tè bheag: cus teas, cus dhaoine, cus fuaim, an rèidio, feòil, fireannaich le feusagan, meileabhaid, a falt a bhith ro fhada…

Leig an tè bheag ràn eile aiste agus an turas seo, bhuail i an leòsan gu cruaidh le cùl a dùirn.

"Hoigh! Sguir dheth! Agus thig a-nuas às a sin anns a' bhad le do bhòtannan ort."

Dhùin Flòraidh a sùilean agus shuath i bàrr a corragan ri a mala. Bha i gus toirt thairis leis an sgìths agus bha fadachd oirre a dhol na sìneadh. Ach bha iomadh rud

---

a dheònaich sealbh dhi *that providence had dealt her*
ann an làrach nam bonn *idiom: immediately*
gus toirt thairis *about to keel over*

aice ri dhèanamh ro àm-cadail, agus cha robh fios aice cò air an cuireadh i a h-aghaidh an toiseach. Bha an cidsin troimh-a-chèile agus bha dùn de shoithichean salach anns an t-sinc. Smaoinich i air a' bhasgaid iarnaigidh a bha ga feitheamh shuas an staidhre, ach thuirt i rithe fhèin gum feumadh sin fuireach gu madainn.

"Trobhad a-nis, Ella, còmhla ri Mamaidh, ach am bruisig thu d' fhiaclan."

Bhreab an tè bheag am balla le a casan, na bòtannan aice a' fàgail làraich dhubha air a' pheant, mus tug i sùil chrosta air a màthair.

"Ella! Dè thuirt mi riut? Thig a-nuas às a sin anns a' bhad! Feumaidh tu comhairle Mamaidh a ghabhail agus a bhith nad nighinn mhath."

Leig an tè bheag ràn eile aiste ach sguir i a bhualadh a' bhalla. Bha Flòraidh i fhèin a' miannachadh ràn a dhèanamh, ach bha eagal oirre nan tòisicheadh i, nach sguireadh i a-chaoidh. "Siuthad a-nis, eudail, feumaidh tu a dhol dhan leabaidh. Thig a-nuas agus bi laghach," thuirt i agus i a' feuchainn ri fuireach ciùin. "Dè tha thu a' faicinn?"

Smaoinich Flòraidh gum biodh e cho math dhi bruidhinn ris a' ghaoith seach ri Ella nuair a bha i far a dòghach. Chuir i oirre a speuclairean agus chaidh i a-null air a socair chun na h-uinneige. Lean a sùilean an rud a bha an tè bheag ag amharc agus dh'fhairich i cràdh na cridhe. Bha nigheanan beaga a' cluiche shìos aig an laimrig, fuaim an t-subhachais aca a' siubhal gu socair

far a dòghach *in a bad mood*

suas tron ghleann air èadhar chiùin an fheasgair. Bha fios aig Flòraidh gun robh Ella a' miannachadh a bhith nam measg, ach bha fios aice cuideachd nach robh a' chlann eile air a son. Choimhead i air an tè bhig agus dh'fhairich i an truas a bha ga bualadh mìle uair gach latha, gun smuain aice a-nis mu a ceann fhèin a bhith goirt.

"Thèid mi fhèin 's tu fhèin is Piullag suas dhan Chadha Ghlas a-màireach agus chì sinn Granaidh," thuirt Flòraidh. "'S dòcha gum bi sgonaichean aice."

Nuair a chuala an tè bheag seo, sguir i a rànaich agus thàinig coltas na bu thoilichte gu a h-aodann. Bha i cho measail air Granaidh a' Chadha, a bha cho foighidneach is cho còir, agus a bhiodh ag innse dhi sgeulachdan airson a cumail air a dòigh. Stòiridhean mu na sìthichean a bha a' fuireach shuas anns a' Chreig Sheunta air cliathaich na beinne – daoine beaga aig an robh comasan is cumhachdan a bha an dà chuid mìorbhaileach is mì-chiatach, cuideachail is cunnartach. Dh'èisteadh Ella ris gach naidheachd a bh' aig Granaidh – gur e sìthichean a bh' ann am fir-chlis nan speur agus ann am mac-talla nan creag; is mar a bhiodh iad a' falbh air oiteagan gaoithe, a' cur gheasan air daoine agus a' goid chloinne bige nach gabhadh guth comhairle. Bha Ella air a beò-ghlacadh leis an t-saoghal sheunta seo, a bha cho aosta ris na bruthaichean, agus chuireadh i seachad uairean a thìde leatha fhèin a' falbh nan cnoc os cionn a' Chamais Ghuirm, a' ruith na gaoithe agus i an tòir air na daoine beaga.

---

a' cur gheasan *casting spells*
cho aosta ris na bruthaichean *idiom: as old as the hills*

"'S ann a tha thu fhèin coltach ri sìthiche," chanadh a seanmhair rithe gu spòrsail. "Am màileachan beag againne. Seall ort – le d' fhalt goirid, robach, coltach ri balach beag grànda! Ach chan eil sgiathan air sìthichean Gàidhealach idir. Càit am faca tu sin? Air an telebhisean, cuiridh mi geall!"

Dhèanadh Ella Bheag sgread, ach bha toileachas na sùilean agus fios aice nach robh Granaidh ach a' tarraing aiste.

"Siuthad ma-thà, Ella," thuirt Flòraidh ann an guth na bu shocraiche. "Faodaidh tu a dhol a chluiche greiseag bheag a-muigh air a' chnoc mus tèid thu dhan leabaidh. Ach na teirig suas an rathad idir, cuimhnich. Na tèid a-mach air a' gheata – fuirich air a' chnoc againn fhèin, far am faic mi thu."

Shlaod an tè bheag an currac far a cinn agus, ga shadail air an ùrlar, thòisich i a' dannsa a-rithist, a' togail leatha na doileige agus a' dèanamh air an doras na deann. Cha robh fios aig Flòraidh dè thachradh aig deireadh an t-samhraidh, nuair a dh'fheumadh Ella a dhol dhan sgoil. Bu chòir dhi a bhith air a dhol innte an-uiridh agus cha leigeadh iad leatha fuireach air falbh càil na b' fhaide. Bha i air a bhith aig coinneamhan còmhla ri Ailig Moireasdan, ceannard na sgoile, agus Miss Baxter, a bhiodh a' teagasg na tè bige anns an Lùnastal. Bha iad le chèile dealasach is misneachail agus air innse dhi mun liuthad taic a bha ri fhaotainn an-diugh, na mìorbhailean a ghabhadh

---

màileachan *elf/pixie*

dèanamh le feadhainn bheaga mar Ella, aig an robh feumalachdan sònraichte. Dh'èist Flòraidh ris na briathran sunndach aca, ach bha fios aice na cridhe nach dèanadh duine aca a' chùis air Ella, agus gun robh làithean doirbhe air thoiseach orra uile.

Chaidh i a-null agus thog i an currac beag buidhe far an ùrlair is chuir i ri a sròin e. Ella bhochd. Dh'fhairich Flòraidh mulad a' drùdhadh a-nuas air a muin, mar a' cheò dhùmhail a thigeadh gu grad is gun rabhadh air gualainn Beinn Chianabhail agus nach gabhadh a chasg.

---

mar a' cheò dhùmhail *like the thick fog*

3

An Cadha Glas

Cha robh ach trì taighean anns a' Chadha Ghlas, agus b' e taigh a sheanmhar am fear a b' fhaide shuas, aig bonn na beinne. B' e a shinn-seanair a thog e, saothair a làmhan dearbhte anns na ballachan tiugha a bha Coinneach ag amharc a-nis anns a' chiaradh, iuchraichean a' chàir aige na làimh agus, airson adhbhar air choreigin, leisg air a dhol a-steach. Chluinneadh e tormanaich an uillt na b' fhaide shuas anns a' ghleann agus, an-dràsta 's a-rithist, ràcan raspach nan traon a bha am falach am measg an fheòir. Bha Luran thall a' snotaraich anns na preasan ri taobh a' gheata, sgìths a thurais air a dhol glan às a chuimhne agus fuaim nan eun ga chur às a rian.

Bha an taigh coltach ri dealbh a dhèanadh pàiste beag, smaoinich Coinneach, le dà uinneig air gach taobh dhen doras-aghaidh agus a dhà eile gu h-àrd. Bha an doras a-nis air a pheantadh dearg, mhothaich e, agus bha na craobhan anns a' ghàrradh gu math na bu mhotha cuideachd. Cha robh sgeul air seann seada na mònadh, ach a bharrachd air a sin, cha robh mòran atharrachaidh air tighinn air an àite bho làithean òige.

Bha an dà thaigh eile na b' fhaide shìos an leathad, aig mullach rathad a' Ghlinne. Nuair a bha Coinneach na bhalach, b' e seanmhair Chaluim a bha a' fuireach ann am fear dhiubh, agus bodach leis fhèin anns an fhear eile.

---

anns a' chiaradh *in the twilight*
tormanaich an uillt *the bubbling of the stream*
ràcan raspach nan traon *the raspy croak of the corncrakes*

Ach cha robh rian gun robh iadsan beò fhathast, thuirt Coinneach ris fhèin. Fhad 's a sheas e anns an dubh-thràth a' coimhead an taighe, bha faireachdainn aige gun robh sùilean falaichte ga amharc-san à badeigin. Dh'fhairich e gaoir a' dol troimhe agus gu h-obann, cha robh e airson a bhith na sheasamh an siud tuilleadh. Rinn e cabhag a-null cùl an taighe, a' dèanamh fead chruaidh ri Luran is e a' rùileach na phòcaid airson iuchair an dorais-chùil.

Cho luath 's a chaidh e a-steach, dhrùidh na bliadhnaichean air falbh. Mus do ghabh e dà cheum, dh'fhairich e am fàileadh àraid ud a dh'aithnicheadh e am bad sam bith – fàileadh nach robh furasta a mhìneachadh, ach a bha gu sìorraidh fuaighte ri taigh Granaidh na inntinn: mòine is paireafain is fiodh; còtaichean fliucha is fuarachd; lìomh-ùrlair, sòda-nigheadaireachd agus, gu h-iongantach, cagar socair milis de dh'aran-flùir. Thàinig e a-steach air nach robh e riamh roimhe air a bhith na aonar ann an taigh a sheanmhar, agus sheas e mionaid anns an trannsa-chùil mus deach e a-steach dhan chidsin.

"Gu sealladh orm!" thuirt e air a shocair. Cha robh sgeul air an t-seann stòbh, no air an dreasair mhòr dhorcha a b' àbhaist a bhith anns an oisean. Nan àite, bha sreath de phreasaichean snoga agus cucair ùr, gleansach. Ged a bha an t-àite a' coimhead gu math na bu spaideile, dh'fhairich Coinneach gath de bhriseadh-dùil, gus an do chuimhnich e air a sheanmhair a' riasladh le biorain is mòine, a bathais air a spuaiceadh le sùith is sruth às

---

dubh-thràth *evening dusk*
gu sìorraidh fuaighte *forever tied*
Gu sealladh orm! *idiom: Oh my goodness!*
air a spuaiceadh le sùith *smeared with soot*

a sùilean leis an deathaich nuair a bhiodh a' ghaoth a' tighinn far na beinne. Cha robh e cinnteach an deigheadh aige fhèin air biorain a lorg, gun luaidh air teine a lasadh, agus bha e toilichte gun robh cofhurtachd air a bhith aice na seann aois.

Agus bha e air a dhòigh cuideachd nuair a chunnaic e gun robh am bòrd mòr fiodha an siud fhathast. Chaidh e a-null agus shuidh e anns an t-sèithear àbhaisteach aige fhèin. Ged a bha uachdar a' bhùird air a sgùradh geal, bha gach snaidhm is làrach fhathast ri fhaicinn san fhiodh, sgrìoban is sgròban air an dèanamh le ginealaichean de Chlann Dòmhnaill. Lorg Coinneach am milleadh a rinn e fhèin uaireigin leis an sgian-arain, am feasgar feargach ud nuair nach leigeadh a sheanmhair leis a dhol a-mach a dh'iasgach còmhla ri Calum. Bha e air tuigsinn a-rithist gun robh i air a bhith ceart. Bha a' ghaoth air èirigh agus theab nach fhaigheadh Calum is na balaich eile air ais gu caladh anns a' gheòla bhig. Ruith e a chorrag thairis air an làraich, a' meòrachadh air làithean samhraidh eile nach tilleadh a-chaoidh. Rinn e dealbh na inntinn dhe fhèin na shuidhe anns an dearbh àite seo agus e a' gabhail a shuipearach – sgona le càise, 's mathaid, no cupa de bhainne blàth agus pìos lof. A sheanmhair aig ceann eile a' bhùird, i a' fighe stocainn agus a' bruidhinn air a socair, muga mòr teatha air a beulaibh agus coibhneas na sùilean. Ach cha robh fuaim ri chluinntinn an-dràsta ach diogan tomadach a' chloc.

---

leis an deathaich *with the smoke*
gun luaidh air *without mention of*

"Cha dèan seo a' chùis!" thuirt e fo anail, a' crathadh a chinn agus a' leum gu a chasan. Càit an robh Luran? Bha e air a dhol suas tron taigh agus chlisg Coinneach nuair a chuala e sporghail a' tighinn à badeigin, gus an do chuimhnich e gur ann leis fhèin a bha an t-àite a-nis agus nach robh e gu diofar càit an deigheadh an cù. Leis an smuain sin ga bhrosnachadh, ruith e air a' chòrr dhen taigh, a' fosgladh dhorsan nach robh e air fhosgladh o chionn còrr is fichead bliadhna agus ag ùrachadh chuimhneachain leis a h-uile ceum: preasa an anairt, làn aodach-leapa fuaraidh a bh' air a chriomadh leis na leòmain; an rùm-ionnlaid buidhe, le a sheann phìoban copair a bhiodh a' glagadaich is a' seinn mar a thogradh iad fhèin; an seòmar-cadail 'math' anns nach do chaidil duine riamh gus an tug an aois air a sheanmhair gluasad a-nuas an staidhre; am pantraidh cùil, a b' àbhaist a bhith làn ach a bha a-nis lom; agus a' chlòsaid bheag fon staidhre – far am biodh e fhèin a' cadal a h-uile samhradh nuair a bha e na bhalach. Sheas e anns an doras agus leisg air a dhol na b' fhaide, mar fhear reòthte gu sìorraidh ann an seann dealbh. Laigh a shùil air an leabaidh iarainn, an cuibhrige tartain fhathast paisgte gu snasail aig a casan, agus dh'fhairich e tiamhaidheachd ga bhualadh mar gun toireadh tu dha sgleog.

B' e sgiùgail acrach Lurain a thug air tilleadh sìos dhan chidsin. Smaoinich e gum feumadh e a dhol a-mach dhan chàr a dh'iarraidh tiona biadh-chon, agus dh'fhairich e

---

fuaraidh *musty*
air a chriomadh leis na leòmain *nibbled by the moths*

rùchdail aithreachail na mhionach fhèin. Bha e a' caoidh a-nis nach robh e air càil ithe air a' bhàta, no air biadh a cheannach anns an Òban. Thuirt e ris fhèin gum feumadh e a dhol dhan bhùthaidh a' chiad char sa mhadainn. Thàinig boireannach an aiseig a-steach air, agus smaoinich e air a liuthad sùil sgrùdach a bhiodh ga fheitheamh an sin cuideachd, nam biodh a' bhùth trang.

B' ann an uair sin a mhothaich e do rud a thug air stad. Thall fon uinneig, bha rud nach fhaca e nuair a thàinig e a-steach, agus a thug air a shùilean lasadh le iongnadh – soitheach glainne anns an robh ùbhlan dearga. Ri thaobh, bha màileid phàipeir, agus nuair a choimhead e na broinn, chunnaic e gun robh i làn sgonaichean. Feadhainn mhatha Ghàidhealach, mar na bonnaich-fhlùir a bhiodh a sheanmhair a' dèanamh, agus iad air an gearradh nan triantan mòra eireachdail. Smaoinich e air an fhiamh de dh'fhàileadh fuine a fhuair e nuair a thàinig e a-steach agus dhrùidh e air gun robh cuideigin air a bhith am broinn an taighe. Chaidh e a-null agus dh'fhosgail e am frids. Bha biadh air fhàgail an sin cuideachd: bainne, ìm, lof bheag dhonn, cnap càise agus soitheach geal eanamail anns an robh stiubha – a bha a' coimhead gu math blasta, dh'fheumadh e aideachadh, ged a bha sia bliadhna a-nis bhon a bhlaisinn e air feòil. Lorg a shùilean an ceann-latha a bh' air a' bhainne agus chunnaic e gun robh seachdain fhathast mus fheumaiste a chleachdadh.

Ged a bha e toilichte na sgonaichean is am biadh

---

dhrùidh e air *it dawned on him*

fhaicinn, cha robh càil a dhùil aige gun robh iuchair aig duine sam bith eile, agus cha robh an smuain sin a' còrdadh ris ro mhath. Cò aig a bha fios gun robh e a' tighinn chun an eilein? Bha fios aig athair 's a mhàthair, agus bha e air innse do dh'Ailios cuideachd. Ailios! Bhuail e air nach robh e air smaoineachadh oirre fad an latha agus rinn e gàire beag searbh ris fhèin. Ach cha b' aithne do dh'Ailios duine an seo, agus eadhon ged a b' aithne, thuirt e ris fhèin, cha robh rian gun robh ise air guth a ràdh ri duine.

Bha e fhathast a' meòrachadh air na rudan seo fhad 's a bha e na shuidhe aig uinneag an t-seòmair-shuidhe, truinnsear falamh agus muga mòr teatha ri thaobh air a' bhòrd. Feumaidh gun robh a mhàthair air innse do chuideigin, ge-tà – bha e cho coltach ri rud a dhèanadh i, smaoinich e. Cha robh càil a dhùil aige gun robh i a' cumail càirdeas ri duine air an eilean, ach bha i air a bhith aig tiodhlacadh a sheanmhar an-uiridh, nuair a bha e fhèin is Ailios anns An Èipheit. Chuimhnich e cho cas 's a bha i nuair a thill e, i far a dòghach nach robh e air tilleadh dhachaigh anns a' bhad. Cha tuirt athair bochd guth, ach cha robh sin na annas mòr sam bith. Dh'fheumadh e bruidhinn rithe, thuirt e ris fhèin, ach cha robh de neart aige sin a dhèanamh an-dràsta. Cha robh i idir airson 's gun tigeadh e a dh'fhuireach dhan eilean – bha iad air a dhol a-mach air a chèile mu dheidhinn – agus ise dhen bheachd gun robh e a' dol a mhilleadh a bheatha. Bha fios aige gum biodh mìle ceist aice mun turas, agus mìle comhairle mun taigh, mun obair agus aig sealbh a bha brath dè eile.

Choimhead Coinneach timcheall an t-seòmair-shuidhe agus dh'fhairich e blàths ga chuartachadh, mar gun robh làthaireachd a sheanmhar ga fhàilteachadh air ais dhachaigh. B' e seo an rùm a b' fheàrr leis dhen taigh. Ged a bha an cidsin air ath-nuadhachadh, bha an seòmar seo an ìre mhath mar a chunnaic e mu dheireadh e, air a sgeadachadh ann an stoidhle shònraichte na cailliche, làn dhealbhannan is àirneis nach robh idir a' freagradh air a chèile, ach a bha annasach is càilear aig a' cheart àm. Bha sòfa leathair donn air beulaibh an àite-theine, ach b' e Clò Hearach purpaidh a bha a' còmhdach an dà shèithear eile. A bharrachd air a' bhòrd far an robh e na shuidhe, bha deasg-sgrìobhaidh beag, snasail air aon taobh dhen àite-theine agus an dreasair a b' àbhaist a bhith anns a' chidsin – agus e a-nis air a pheantadh dubh – air an taobh eile. Bha uinneag bheag ann an ceann an taighe agus mhothaich Coinneach gun robh am frèam aice a-nis dubh cuideachd. Thàinig gàire gu a bhilean nuair a smaoinich e mar a bhiodh a mhàthair a' trod ris a' chaillich airson a bhith a' peantadh rudan – *gan dèanamh grànda is gam milleadh*, bhiodh i ag ràdh rithe gu diombach. Bhiodh i cuideachd a' gearan gun robh cus leabhraichean aice, ach nuair a laigh a shùilean air na sgeilpichean a bha a' còmhdach a' bhalla eile, bha e toilichte nach robh a' chailleach air feart a ghabhail oirre.

---

làthaireachd a sheanmhar *the presence of his grandmother*

Bha fadachd air Coinneach cnuasachd tromhpa a-rithist, na seann leabhraichean mar charaidean a bh' air a bhith ga fheitheamh gu foighidneach, feuch cuin a thilleadh e dhachaigh.

Ged nach robh i buileach dorcha, bha e air an lampa a lasadh. Fhuair e lorg air teine-dealain beag anns a' phreasa aig bàrr na staidhre, agus chan aithnicheadh duine a-nis gun robh an taigh air a bhith falamh bhon a chaidh a sheanmhair dhan taigh-chùraim an-uiridh. Thàinig fiamh-ghàire eile gu aodann nuair a smaoinich e air cho cas 's a bhiodh a mhàthair nam faiceadh i far an robh Luran an-dràsta – na shuain air a' bhrat-ùrlair, a dhà spòig thoisich fo a cheann agus an soitheach eanamail falamh ri a thaobh. Cha robh e air na cùirtearan a tharraing agus e toilichte a bhith a' coimhead sìos a dh'ionnsaigh Bhaile a' Chamais, sàmhchair a' Chadha Ghlais a' còrdadh ris cho math às dèidh gleadhraich a' bhaile-mhòir. Ged nach robh duine beò ri fhaicinn, an-dràsta 's a-rithist lasadh solas ann an uinneag taighe, ag innse dha nach robh cuideachd dhaoine ro fhada air falbh. Na b' fhaide shìos, chitheadh e solais-sràide a' bhaile a' priobadh, agus solais nan càraichean a' gluasad a-null 's a-nall, mar shreath de dhaolagan gleansach a' dèanamh gu dripeil air an ceann-uidhe. Bhiodh daoine fhathast shìos mun chidhe agus bhiodh an taigh-seinnse làn, thuirt e ris fhèin. Leig e anail mhòr dhomhainn às agus ghabh e balgam eile teatha. Ged a bha e sgìth, bha e a' faireachdainn na bu chiùine na bha e

---

cuideachd dhaoine *the company of people*
a' dèanamh gu dripeil air an ceann-uidhe *busily making their way to their destination*

air a bhith o chionn ùine mhòir, agus b' ann air a seo a bha e a' beachdachadh nuair a thòisich Luran a' dranndanaich. An toiseach, shaoil Coinneach gur ann ag aisling a bha an cù, ach an uair sin thog Luran a chluasan agus, le sgal mòr de chomhart, ghrad-leum e a-null a dh'ionnsaigh uinneag ceann an taighe.

"Nach ist thu! Ach gu dè idir a tha ceàrr ort an-diugh? Laigh sìos!"

Stad an cù airson tiotan, a' toirt sùil chianail air Coinneach, mus do thòisich e a-rithist. Bha a spògan-toisich air sòla na h-uinneige agus e a' coimhead gu dùrachdach a-mach dhan leth-dhubhar. Cha robh fios aig Coinneach dè a bha e a' faicinn, ach bha am fionnadh ag èirigh far a dhruim agus bha e follaiseach gun robh rudeigin a' dèanamh dragh dha a-muigh. Cha bhiodh ann ach coineanach, smaoinich e, no ainmhidh eile a bhiodh a' tighinn beò aig beul na h-oidhche. B' ann an uair sin a chuala e am fuaim. An toiseach, shaoil e gur ann às na seann phìoban a bha e a' tighinn, gus an do dhrùidh e air gur ann a-muigh anns an doilleireachd a bha e. Fuaim ìosal, a thòisich na ghnòthan socair, ach a dh'fhàs na bu làidire is na bu làidire, gus an robh e mu dheireadh na ràn mòr, iargalta a chuir gaoir tro fheòil agus a thug air reothadh far an robh e. Stad Luran a chomhartaich agus dh'fhairich Coinneach a bheul a' tiormachadh leis an eagal.

Dh'èirich e gu a chasan agus chaidh e a-null air a shocair a chur dheth na lampa. Chitheadh e barrachd às aonais an t-solais, agus ged a bha Luran glè mhath air fuaim a dhèanamh nuair a thogradh e, bha Coinneach mothachail nach robh duine beò ach e fhèin anns a' cheàrnaidh seo dhen Chadha Ghlas. Bha e mothachail cuideachd nach robh e air an doras-cùil a ghlasadh. Shiolp e a-null air a chorra-biod ri taobh Lurain, a bha a' dranndanaich air a shocair agus e air chrith.

Sheas Coinneach greis a' coimhead a-mach air an uinneig, iomallachd an àite a-nis ga fhàgail mì-shaorsainneil agus cha b' ann ciùin. Bha an glaodhaich air stad. Chaidh e a-null chun na h-uinneige eile. Airson diog no dhà, cha robh càil ri fhaicinn. Ach an uair sin, ann am buille sùla chabhagach, chunnaic e faileas mì-shoilleir – am fàth a bu lugha de rudeigin – a dh'fhalbh a cheart cho luath 's a thàinig e. Bha e doirbh càil a dhèanamh a-mach am measg dubhar nan craobh, ach dh'fhan Coinneach an sin anns an dorchadas, a' feitheamh air a shocair agus a' coimhead a-mach dhan eadar-sholas. An uair sin, dh'fhidir e rud a thug air anail a tharraing gu grad.

Bha cumadh neònach air nochdadh à badeigin – creutair beag annasach a bha a' dannsa air feadh a' ghàrraidh: creutair nach bu mhotha na trì troighean a dh'àirde agus air an robh cluasan beaga biorach – agus sgiathan! Bha an rud a bh' ann cas-rùisgte agus a' gluasad cho luath ris a' ghaoith, a ghàirdeanan a-mach agus e a' gabhail cheumannan aotrom, sgiobalta anns an doilleireachd. Bha e air a sgeadachadh ann an aodach gleansach air choreigin, oir

---

Shiolp e a-null air a chorra-biod *He crept over on his tiptoes*
am fàth a bu lugha *the smallest glimpse*
eadar-sholas *twilight*
dh'fhidir e *he noticed*

chitheadh Coinneach boillsgidhean deàlrach an-dràsta 's a-rithist nuair a shìneadh e a-mach a ghàirdeanan. Smaoinich e air na h-uirsgeulan air an robh na h-eileanaich cho dèidheil, agus thàinig criomagan dhiubh air ais thuige: Solas Cheann a' Bhàigh… a' Chreag Sheunta… Cailleach an Uillt… Chuala e guth a sheanmhar aig cùl inntinn, ag innse dha mu shaoghal eile a bha an dà chuid fada air falbh bhuaithe agus gu mòr-thimcheall air, ach thuirt e ris fhèin nach robh anns na seann sgeulachdan sin ach saobh-chràbhadh aineolach agus faoineas gun chiall.

Shuath e cùl a dhùirn ri a shùilean agus nuair a dh'fhosgail e iad a-rithist, cha robh sgeul air an rud a bh' ann. Sheas e greis, inntinn a' strì ris na chunnaic is na chuala e, agus e a' smaoineachadh airson mionaid gun robh e fo bhuaidh sgìths is cion a' chadail. Thuirt e ris fhèin gum b' fheàrr dha gabhail mu thàmh mus tachradh an còrr, agus b' ann air na rudan sin a bha e a' beachdachadh nuair a nochd an t-aodann beag geal aig an uinneig.

Thug Coinneach leum air ais le ràn, a' bualadh òrdaig mhòir ann an cas a' bhùird agus a' cur car dhen chupa teatha. A' guidheachan air a shocair, choimhead e a-mach a-rithist, ach cha robh càil ri fhaicinn an turas seo agus bha an gàrradh na thost. Bha Luran gus a dhol às a rian a' comhartaich a-nis, e a' ruith eadar an dà uinneig is e na bhoil.

Le ceumannan cabhagach, rinn Coinneach air a' chidsin airson an doras a ghlasadh. Cha robh e ach letheach slighe nuair a chuala e am brag – trost mòr obann, coltach

---

saobh-chràbhadh aineolach *ignorant superstition*
gabhail mu thàmh *idiom: going to bed*

ri doras no uinneag a' dùnadh gu faramach. Stad e, ag èisteachd. Bha e cinnteach gun robh cuideigin – no rudeigin – a' gluasad anns a' chidsin. Thill e air a shocair dhan t-seòmar-shuidhe agus thog e leis am pòcair a bha ri taobh an àite-theine, mus do chuir e aghaidh a-rithist air ceann shìos an taighe.

Nuair a chaidh e a-steach dhan chidsin, bha doras an trannsa-chùil fosgailte, agus leis an fhuachd a bha e a' faireachdainn, bha fios aige gun robh an doras a-muigh fosgailte cuideachd. B' ann an uair sin a mhothaich e do na làraich-choise bheaga shalach air an ùrlar, agus a chunnaic e gun robh soitheach nan ùbhlan na mhìle sgealb thall fon uinneig.

Mus robh ùine aige smaoineachadh air dè a bh' air tachairt, no eadhon anail a tharraing, bhuail rudeigin air an uinneig le sgailc. An uair sin, chuala e an geata. Bha e a' fosgladh 's a' dùnadh, a' fosgladh 's a' dùnadh – *brag! brag! brag!* – a-rithist is a-rithist is a-rithist, mar gun robh cuideigin ga tharraing thuige agus ga leigeil às, le slaic na bu chruaidhe gach turas. Dh'fhalbh Coinneach na chabhaig a dhùnadh an dorais-chùil, e a' tionndadh na h-iuchrach agus a' toirt crathadh math air an nob, a' dèanamh cinnteach gun robh e dha-rìribh glaiste. Mus tug e a chasan leis air ais suas tron taigh, choimhead e a-mach air uinneag a' chidsin, ach cha robh duine beò ri fhaicinn. Cha robh fuaim ri chluinntinn na bu mhotha, ach plosgadh a chridhe fhèin na chluasan agus sgiùgail Lurain, a bh' air teiche a-steach fon bhòrd.

4
An Tòir air Piullaig

Nuair a dhùisg Baile a' Chamais madainn Disathairne, cha robh sgeul air an t-sìde mhath. Bha a' ghaoth air sioftadh chun na h-àirde an ear agus b' ann gruamach a bha an t-adhar os cionn Beinn Chianabhail. A dh'aindeoin an coltas a bh' air na speuran, gheall Granaidh gun toireadh i Ella Bheag a-mach cuairt, feuch an sguireadh i a ghearan. Bha Flòraidh air fònadh thuice mu aon uair deug leis an droch naidheachd gun robh Piullag air chall. Dh'inns i do Mhòir mar a bha an tè bheag air tilleadh dhachaigh a-raoir, gun oirre ach aon bhòtann agus gun sgeul air an doileig bhig luideagaich. Chan itheadh i a suipear agus cha sguireadh i a rànaich. Ged a bha iad air a h-uile òirleach dhen chnoc a shiubhal aig beul na h-oidhche, agus a-rithist cho luath 's a thàinig glasadh air an latha, cha do thog Piullag ceann.

"Siuthad a-nis, a ghràidh," thuirt Mòr ris an tè bhig, a h-anail na h-uchd agus iad a' dìreadh suas dhan Chadha Ghlas. "Seall thusa dhòmhsa far an robh thu a-raoir, feuch an lorg sinn Piullag bhochd."

Bha sruth à sùilean na cailliche agus bha am fuachd a' dol troimhpe chun an smir. Ged is ann ainneamh a bhiodh Ella Bheag a' gearan fuachd, bha i air a tughadh le aodach an-diugh agus bha e follaiseach gun robh ise i

---

thàinig glasadh air an latha *daybreak came*
cha do thog Piullag ceann *idiom: Piullag didn't appear*
a h-anail na h-uchd *idiom: she was out of breath*
chun an smir *to the core/marrow*
air a tughadh le aodach *she was wrapped up in clothes*

fhèin air a lathadh. Chrath i a ceann gu crosta agus rinn i sgiamh bheag chas ri a seanmhair.

"Ella?"

Dhùin an tè bheag a sùilean gu teann. Bha mìle smuain a' ruith tro a h-inntinn an-diugh, agus cha robh i ann an triom airson duine sam bith, eadhon a seanmhair. Bha i coma mun bhòtainn, a bh' air falbh dhith letheach slighe sìos an cnoc, ach dh'fheumadh i Piullag fhaighinn air ais. Chan fhaca i aon shìthiche na bu mhotha, ged a b' e Dihaoine a bh' ann. Sin an latha a bhiodh iad a' nochdadh, a rèir Granaidh – nuair a bhiodh iad ri miastradh agus ag atharrachadh na sìde. Bha i an dòchas nach do rinn iad cron sam bith air Piullaig.

"An robh thu shuas faisg air a' Chreig Sheunta, a ghaoil? Agus feuch, an ainm an Àigh, nach bi thu a' dol a chòir Glupa Dubh an Uillt – tha cailleach mhòr, mhosach shuas an sin a dh'fhalbhas leat sa mhionaid uaireach ma chì i thu. An cuala tu mi? *Glaistig* a th' innte. A' Ghruagach Ghlas a bh' aig na seann daoine oirre. Bidh i a' caoineadh is a' rànaich agus ma chluinneas tu i – ò a ghràidhein, mo thruaighe ort! Agus far a bheil sìthichean, faodaidh tu a bhith cinnteach nach eil a' Ghruagach fada air falbh. Cuimhnich thusa air a sin!"

Thug an tè bheag sùil ghreannach air a seanmhair mus do chuir i a corragan na cluasan.

"Ò, uill, do thoil fhèin, ach na can riumsa nach do dh'inns mi dhut e! Tha mi cinnteach gu bheil Piullag fuar

---

air a lathadh *idiom: she was numb with the cold*
an ainm an Àigh *idiom: for heaven's sake*
sa mhionaid uaireach *idiom: this very minute*
glaistig *malevolent female water-spirit*
mo thruaighe ort *idiom: woe betide you*

cuideachd, agus ag iarraidh dhachaigh chun an teine. Oich, oich fhèin, ach cho goirt 's a tha mo chnàmhan an-diugh."

Chùm iad orra a' coiseachd. Bha Mòr a' gabhail aithreachas nach robh iad air fuireach aig an taigh. B' ann bagarrach, dorcha a bha na neòil, agus mhothaich i gun robh fras a' cruinneachadh air mullach na beinne. Smaoinich i air làithean a h-òige, nuair a ruitheadh i suas an leathad seo cho sunndach ri fiadh, gun ghuth aice air sgìths no air fuachd. Ach bha i a-nis ceithir fichead bliadhna 's a dhà-dheug, agus ged a bha gu leòr a chanadh nach robh an aois a' laighe oirre, bha i fhèin dhen bheachd gun robh na làithean ud mar rud a chunnaic i ann am bruadar – agus nach iomadh bruadar buaireasach a bh' air a bhith aice. Briseadh-cridhe is dòrainn cuideachd, smaoinich i, agus guin cràidhteach eile a' sàthadh a cruachain.

Cha robh cùisean air a bhith furasta o chionn ghoirid agus bha Mòr a' faireachdainn ciontach. Ciontach nach b' urrainn dhi fhèin barrachd a dhèanamh do Fhlòraidh is dhan tè bhig, agus ciontach gun do dh'fhalbh Calum agus gun do dh'fhàg e mar siud iad. Ged a b' e a h-ogha fhèin a bh' ann, bha i air a nàrachadh gach uair a smaoinicheadh i air an rud a rinn e. *Clann an latha an-diugh*, chanadh i rithe fhèin, agus i a' beachdachadh air mar a bha an saoghal air atharrachadh. Thog ise esan nuair a bhàsaich a mhàthair, agus cha tàinig e a-steach oirre gum biodh e

---

Oich, oich fhèin *idiom: Dear me*
nach robh an aois a' laighe oirre *idiom: that she didn't look old*
guin cràidhteach *a sharp pain*

cho mì-choibhneil. Ach cha robh smachd sam bith aicese air Calum tuilleadh. Agus ged a bha fios aice gum biodh e a' cur airgead dhachaigh uaireannan, agus gun robh Flòraidh bhochd a' dèanamh a dìchill, cha b' urrainn dhi gun a bhith a' gabhail dragh. B' ann air na rudan seo a bha a h-inntinn fhad 's a bha i fhèin is an tè bheag a' riasladh an aghaidh na droch shìde agus rathad cas a' Chadha Ghlais. Nuair a ràinig iad ceann shuas an leathaid, stad i tiotan, mus do thionndaidh i a-rithist ris an tè bhig.

"Seo a-nis, a ghaoil," thuirt i mu dheireadh, eadar gach anail. "Tha sinn gu bhith aig Taigh Màiri Dhùghaill – ach 's e Taigh Choinnich a th' ann a-nis."

"Shh!" thuirt Ella, agus i a' stampadh a casan, na sgiathan beaga aice a' plapadh air ais is air adhart, mar dhealan-dè beag maoth a' strì ris a' ghaoith. Cha robh i idir air a dòigh nuair a chùm a' chailleach seachad air an taigh aice fhèin, agus a dhrùidh e oirre nach robh iad a' dol gu taigh Granaidh airson sgonaichean.

"Thèid sinn a-steach agus canaidh sinn Hallò ris. Nach bi sin math? Faighnichidh sinn dha an tàinig Piullag a chèilidh air a-raoir."

"Shh!" thuirt Ella a-rithist, na bu chruaidhe, i coma de dh'fhaclan a seanmhar agus i a' dùr-amharc a' chàir ghuirm a bh' aig cliathaich an taighe. Rinn i fuaim ìosal a bha eadar a bhith na sgread agus na dhranndan, mus do shuidh i sìos air an fheur.

"Siuthad a-nis, Ella. Feumaidh tu a bhith modhail

nuair a thèid sinn a-steach," thuirt Mòr. "Èirich agus giùlain thu fhèin dòigheil. Tha Coinneach gu bhith na nàbaidh dhòmhsa agus feumaidh sinn a bhith laghach ris."

Choimhead Ella air a' chàr ghorm a-rithist agus thàinig lasadh feargach na sùilean, ach dh'èirich i gu a casan, an aghaidh a toil. 'S iomadh turas a dhìrich i am bruthach còmhla ri Granaidh, agus iad a' tighinn a chèilidh air Màiri Dhùghaill Bhig. Bha Màiri a cheart cho math air na naidheachdan ri Granaidh, agus bha am pailteas dhiubh aice. Bha leabhar mòr brèagha aice cuideachd – anns an robh sgeulachdan mu shìthichean agus dealbhannan eireachdail air am peantadh le gach dath a bha sa bhogha-fhroise. Smaoinich Ella nach fhaca i càil riamh cho brèagha, agus chuireadh i seachad a saoghal, nam faigheadh i an cothrom, a' sgrùdadh nan duilleagan dathte a bha na bhroinn. Air an oidhche, bhiodh iad a' tilleadh thuice na bruadaran, a' snàmh is a' dannsa na h-inntinn cho soilleir ri càil. Uaireannan, bha i a' smaoineachadh nach b' ann ag aisling a bha i, ach nuair a dh'fhosgladh i a sùilean, bhiodh na sìthichean air teiche.

"Bhiodh Coinneach a' tighinn an seo nuair a bha e beag," lean Mòr oirre. "Bhiomaid a' dèanamh naidheachdan dhàsan cuideachd, mun t-sìthean ud shuas, agus mu dhaoine beaga na Creige Seunta."

Thàinig tuar eile gu aodann Ella, agus dh'aithnich Mòr gun robh i air a h-aire a ghlacadh. "Agus cuideachd mun Ghlaistig – cha bhiodh esan a' dol faisg air a' Ghlupa

---

giùlain thu fhèin dòigheil *behave yourself*
a' dèanamh naidheachdan *making up stories*

Dhubh na bu mhotha. Gu dearbha fhèin cha bhitheadh! Agus b' e Màiri Dhùghaill granaidh Choinnich, Ella. Tha cuimhne agad fhathast air Màiri, nach eil?"

Bha gaol a cridhe aig Ella air banacharaid Granaidh, agus thàinig fiamh-ghàire gu a h-aodann nuair a chuala i a h-ainm.

"Tha sin nas fheàrr, a ghaoil," thuirt Mòr. "'S e nighean bheag mhath a th' annad gun teagamh."

Thill smuaintean Ella chun an leabhair shìthichean agus chuimhnich i air na h-uairean toilichte a chuir i seachad, na sìneadh air a' bhrat-ùrlair, ga sgrùdadh. Bheireadh Màiri Dhùghaill dhi pìos pàipeir airson dealbh a dhèanamh, fhad 's a ghabhadh i fhèin is Granaidh cupa teatha. Nuair a bhiodh i deiseil, chrochadh Màiri an dealbh gu moiteil air balla a' chidsin, mar gur e rud luachmhor dha-rìribh a bh' aice. Bhiodh Ella a' tighinn suas leatha fhèin an-dràsta 's a-rithist cuideachd, a choimhead air a' chaillich nach do throid riamh rithe, agus a bha daonnan laghach agus còir. Ach cha robh sgeul air Màiri a-nis, agus bha fios aig Ella gun robh cuideigin eile anns an taigh – chunnaic i e a-raoir nuair a bha i a' cluiche air a' chnoc.

Cha robh i buileach cinnteach dè bh' air tachairt do Mhàiri Dhùghaill. Bha Mamaidh air innse dhi gun robh i anns na nèamhan, còmhla ri Gramps agus Jasper glas aig Granaidh. Nuair a dh'fhàsadh i dorcha, choimheadadh Ella suas dhan iarmailt, a' sgrùdadh nan reultan àrd os cionn Bhaile a' Chamais. Ach chan fhaiceadh i sgeul air Màiri am measg nan rionnagan. A-raoir, nuair a bha i a' cluiche anns a' ghàrradh aice, agus a mhothaich i dhan t-solas anns an t-seòmar-shuidhe, leum a cridhe: bha Màiri air tilleadh dhachaigh!

Abair briseadh-dùil. Dìreach nuair a bha i a' dol a choimhead a-steach air an uinneig, leum cù mòr mosach suas air an leòsan agus e gus a dhol às a rian a' comhartaich. Nuair a thug i sùil, bha coigreach na sheasamh an siud, mar gum b' ann leis fhèin a bha an t-àite. Coigreach grànda, a' gabhail cupa teatha – anns an rùm far an robh an leabhar shìthichean. Dh'fheumadh i an leabhar a lorg mus milleadh iad e, coigreach agus cù mosach ann no às. Thàinig sgraing gu a h-aodann nuair a smaoinich i mar a thachair. Bha i am beachd a dhol am falach greiseag agus an uair sin siolpadh suas tron taigh. Ach nuair a chaidh i a-steach dhan chidsin, chunnaic i na h-ùbhlan agus bha iad a' coimhead cho blasta. Cha robh càil a dhùil aice am bobhla a bhriseadh… agus an uair sin, cha b' urrainn dhi Piullag a lorg! Bha i air a fàgail air ursainn a' gheata ri taobh a bòtannan fhad 's a bha i a' dannsa, ach nuair a thàinig i a-mach, cha robh sgeul oirre. Cha sguireadh an cù mosach a chomhartaich agus b' fheudar dhi an t-ubhal a chath air an uinneig. 'S dòcha gur esan a chuir an t-eagal air Piullaig agus a thug oirre teiche. Ach bha Cailleach Glupa Dubh an Uillt a' rànaich gu cianail nuair a chaidh iad a-steach dhan ghàrradh, agus bha fios aice nach bu toigh le Piullaig am fuaim a bhiodh i a' dèanamh. Ged nach robh eagal sam bith aicese roimhpe – a dh'aindeoin sgeulachdan Granaidh – cha robh Piullag a leth cho tapaidh. Agus an uair sin, chaill i a bòtann nuair a bha i a' ruith air falbh agus a-nis, cha sguireadh Granaidh a bhruidhinn.

"A bheil sinn deiseil? A-nis, cuimhnich gum feum thu a bhith – *Ò, Ella!*"

Thug an tè bheag sùil shearbh eile air a seanmhair, feuch dè a-nis a bha a' tighinn rithe.

"A bheil thu a' faicinn an rud a tha mise a' faicinn, a ghaoil? Seall! Dè tha siud, thall anns an oisean, ri taobh a' gheata?"

Lean sùilean Ella sùilean na cailliche, gus an do laigh iad air a' chnap bheag bhog a bha na shìneadh am measg an fheòir. Le ràn, leum i a-null ga ionnsaigh, agus b' ann le faothachadh a chunnaic Mòr nach robh mòran ceàrr air Piullaig ach gun robh i bog fliuch an dèidh a mì-thapachd.

"A-nall thugam i, a ghaoil. Bidh i ceart gu leòr nuair a dh'fhàisgeas Granaidh an t-uisge aiste!"

Bha Ella Bheag air chrith agus i a' sgiamhail le toileachas, agus bha Mòr air a dòigh gun robh piseach air tighinn air an latha, a dh'aindeoin na droch shìde. Mus do ghnog i air an doras, thug i nèapraige às a pòcaid. An dèidh dhi a sùilean fhèin a thiormachadh leis, fhliuch i e le bàrr a teangaidh agus, le gluasadan sgiobalta, shuath i aodann na tè bige.

---

dè a-nis a bha a' tighinn rithe *idiom: what was bothering her now*
mì-thapachd *mishap*

"Cha b' fhada a mhair an deagh thriom," arsa Mòr gu searbh nuair a phut Ella a làmh air falbh le dranndan crosta. "Ist! Seo e a' tighinn. Cuimhnich a-nis – bi modhail!"

Bha ceumannan a' tighinn a dh'ionnsaigh an dorais, agus cuide riutha comhartaich, a thug air Ella an doileag a stobadh gu cabhagach a bhroinn a seacaid. Ach bha an doras a' fosgladh a-nis, agus mus b' urrainn dhi an còrr a dhèanamh, bha an srainnsear mosach na sheasamh an sin. Mhothaich i le sgreamh gun robh bun-feusaig air agus gun robh fhalt ro fhada. Chunnaic i an uair sin nach robh brògan air, agus gun robh toll ann an tè dhe stocainnean. 'S mathaid gun robh esan air a bhith a' dannsa cuideachd. Ach thuig i gun robh Granaidh air a dòigh fhaicinn, agus chunnaic i nach robh sgeul air an sgìths a bha ga buaireadh o chionn beagan mhionaidean.

"Ist, a Lurain!" throid an duine mosach ris a' chù.

Stad an cù a chomhartaich. Bha e a' coimhead air Granaidh agus a' crathadh earbaill. 'S fhada bhon a mhothaich Ella gun robh beathaichean measail air a seanmhair, agus bha an cù molach a-nis a' sreap suas rithe le dealas agus ga h-imleach. Cha robh e a' coimhead a leth cho cunnartach 's a bha e a-raoir, agus bha e air sgur a dhèanamh fuaim – 's mathaid nach robh ann ach amadan gòrach. Rinn i drèin agus ghabh i ceum air ais, ach bha gàire a' cluiche air a bilean. Nuair a dh'fhosgail i a seacaid agus a thug i sùil chabhagach air Piullaig, chunnaic i nach robh an t-eagal oirrese na bu mhotha.

Rinn Coinneach casad ìosal agus thionndaidh Mòr ga ionnsaigh, a' sìneadh a làimhe a-mach ris, mus do bhruidhinn i.

"Do bheatha dhan dùthaich, a Choinnich, agus nach fhada bhon uair sin. A bheil cuimhne agad ormsa?" Lean i oirre, gun feitheamh ri freagairt, agus grèim teann fhathast aice air a làimh. "Thàinig mi a-nuas feasgar an-dè le a dhà no trì sgonaichean. Cha do smaoinich mi riamh gum biodh i cho fuar an-diugh, ge-tà – bu chòir dhomh a bhith air teine a lasadh dhut."

Sheas Coinneach a' coimhead nan seann sùilean coibhneil airson greis mus do dhrùidh e air cò a bh' innte. Chaidh na bliadhnaichean nan smàl. Bha e na bhalach beag a-rithist, na shuidhe an tac an teine ann an taigh Chaluim, ag èisteachd gu cùramach ris an aon ghuth ìosal, drùidhteach ag aithris nan sgeul. Sgeulachdan a bha an dà chuid a' còrdadh ris agus a' cur eagal a mhionaich air – ged nach biodh e air sin aideachadh ri duine beò aig an àm. Cha robh rian nach robh i aois mhòr, smaoinich e, a' coimhead air a' chroit a bh' air a druim agus air a h-aodann lachdann, preasach – faisg air ceud bliadhna, math dh'fhaodte. An uair sin, chunnaic e an tè bheag leis na sgiathan gleansach a bha na seasamh ri taobh agus thàinig gàire gu aodann. B' ann gu math amaideach a bha e a' faireachdainn nuair a bhuail e air gur e seo sìthiche sgiobalta na h-oidhche-raoir. Choimhead e oirre le iongnadh, a' beachdachadh air ciamar a b' urrainn do

---

Do bheatha dhan dùthaich *idiom: Welcome!*
a' cur eagal a mhionaich air *idiom: making him scared stiff*
a' chroit a bh' air a druim *the hump on her back*
lachdann, preasach *sallow, wrinkly*

chreutair a bha cho beag, meanbh, fuaim cho mòr, sgairteil a dhèanamh.

B' e rùchdail torrainn a dhùisg Coinneach bho a smuaintean, agus mus do bhuail na ciad boinnean uisge, bha Luran air ruith a-steach air ais a bhroinn an taighe.

"Ò, bu luath, bu luath Luran," thuirt a' chailleach gu tlachdmhor. "A bheil cuimhn' agad oirre siud, a Choinnich? 'S ann agad fhèin a tha, agus tu air an ainm a thoirt air a' chù!"

"Tha e math ur faicinn, a Mhòr," thuirt Coinneach air a shocair. "Nach tig sibh a-steach?"

---

rùchdail torrainn *a rumble of thunder*

5

An Nàbaidh Ùr

Bha Flòraidh a' dòrtadh cupa teatha eile do Mhòir fhad 's a bha i ag èisteachd ris a' chaillich, nach robh air sgur a bhruidhinn on a thill i fhèin is Ella bhon Chadha Ghlas o chionn beagan is uair a thìde. Bha iad nan suidhe aig bòrd a' chidsin, an tè bheag na cadal air an t-sòfa le Piullaig na h-achlais. Bha Mòr air innse dhi mar a lorg iad an doileag bheag ann an gàrradh Màiri Dhùghaill – no gàrradh Choinnich, mar a bu chòir a bhith air a-nis.

"Feumaidh gun robh i shuas anns a' Chadha Ghlas a-raoir, a Fhlòraidh," bha Mòr air a ràdh rithe. Smaoinich Flòraidh gum faca i diomb ann an sùilean dorcha na cailliche airson diog no dhà, mus do lean i oirre leis an naidheachd.

"Cha robh sgeul air a' bhòtainn, ge-tà, ach 's dòcha gun tog i ceann fhathast. Co-dhiù, tha mi cho toilichte gu bheil Coinneach air tighinn dhachaigh a dh'fhuireach."

"Cò às a thàinig e, agus dè seòrsa fear a th' ann?" Cha robh càil a chuimhne aig Flòraidh air nàbaidh ùr Mòire. Cha robh ise ach beag nuair a bha e an seo mu dheireadh, agus bha iomadh samhradh air tighinn is air falbh on uair sin.

"Chan eil fhios a'm dè an t-ainm a th' air an àite – chan aithne dhòmhsa Sasainn. Am badeigin ann am meadhan na dùthcha, saoilidh mi. Dh'fhòn a mhàthair thugam a' bhòn-de, a dh'innse dhomh gun robh e air a rathad, agus mo shùil a chumail air."

"Cò ris a tha e coltach?"

"Och, tha e laghach gu leòr, an creutair. Cha tuirt e mòran an toiseach, ach bha e càirdeil gu leòr, aon uair 's gun deach sinn a-steach. Chan e an aon dòigh a th' aig na daoine Gallta, a Fhlòraidh – saoilidh mi nach bi iad a' dol a chèilidh air a chèile mar a bhios sinne. Agus tha e air a bhith shìos an sin cho fada. Ach leig e a-steach sinn co-dhiù! Thabhainn e cofaidh orm, ged nach do leig mi leis càil a dhèanamh. Tha an teatha seo math."

"An do dh'aithnich e sibh?" dh'fhaighnich Flòraidh, agus i a' toirt sùil gun fhiosta air a' chloc. Bha mìle rud aice ri dhèanamh, ach cha robh càil a choltas air Mòir gun robh cabhag oirre a dhol dhachaigh, agus dh'fheumadh i aideachadh gun robh e glè mhath a bhith a' cluinntinn mun t-srainnsear ùr a bh' aig baile. Thuirt i rithe fhèin gum fuiricheadh a' bhasgaid iarnaigidh greiseag fhathast.

Thug a' chailleach balgam eile às a' chupa agus thog i thuice briosgaid. "Uill, bha e ga mo choimhead is ga mo choimhead mus do thuig e cò a bh' aige – tha mi a' creidsinn gun robh e a' smaoineachadh gun robh mise marbh o chionn fhada!" Rinn i lasgan gàire. "Cha bhithinn-sa air esan aithneachadh gu bràth – tha a leithid de dh'ùine o nach fhaca mi e. Bhiodh e gu math snog, nan gearradh e fhalt."

---

gun robh e air a rathad *idiom: that he was on his way*
aig baile *in the village*

“Bha e glè mhath dha lioft a thoirt dhuibh dhachaigh,” thuirt Flòraidh, a’ toirt sùil air an tè bhig a bha fhathast na suain, agus an uair sin a-mach air an uinneig. “Seall an dìle bhàthte a th’ ann a-nis.”

“A thìochdaisean, bhiomaid drùidhte! Agus nam faiceadh tu cho coibhneil ’s a bha e rithese – thug e dhi clobhda beag airson Piullag a thiormachadh. Agus leig e leatha coimhead anns an leabhar shìthichean ud a bh’ aig a sheanmhair. Fuirich gus an inns mi dhut – nach deach i fhèin suas tron taigh ga iarraidh.”

“Mo nàire!”

“Bha cuimhne glè mhath aice air an leabhar – ach bha i fhèin is Màiri cho mòr aig a chèile ri dà cheann eich! Mar a lorg i e am measg na tha siud de leabhraichean, aig sealbh a tha fios – agus aon uair ’s gun d’ fhuair i e, bha i cho sona ris an Rìgh. Ach cha do shaoil esan dad dheth, ’s esan nach do shaoil.”

“Tha mi an dòchas nach robh i ri mì-mhodh? Tha i air a bhith car idrisgeach – ”

“Och, bha i taghta, a ghaoil,” thuirt a’ chailleach gu cabhagach. “Na gabh dragh. Co-dhiù, ’s e tidsear a th’ ann – bu chòir dha a bhith eòlach gu leòr air clann.”

“Tidsear? Dè tha e a’ teagasg?”

“Chan aithne dhomh; cha tuirt e mòran mun sin agus cha bu dùraig dhomh cus fhaighneachd dha.”

“Tha obair saidheans a’ dol anns an sgoil bhon a dh’fhalbh do nàbaidh. ’S dòcha gur e sin a thug air tighinn an seo.”

---

dìle bhàthte *pouring rain*
A thìochdaisean *Good gracious*
cho mòr aig a chèile ri dà cheann eich *idiom: as thick as thieves*
cho sona ris an Rìgh *idiom: as happy as Larry*

"An e sin an obair a bh' aig an fhear ud a bh' ann an taigh Dhòmhnaill Ruaidh – saidheans? *Mr Clark*," thuirt a' chailleach ann an guth mòrchuiseach. "Duine beag, bragail. Tha mi a' smaoineachadh gur ann à Dun Èideann a bha e."

"Tha iad ag ràdh nach robh siognail ro mhath aige shuas an sin, agus gun do dh'fhaillich air taigh eile a lorg. Sin as coireach gun do dh'fhalbh e. Cha chreid mi gun robh an t-eilean a' còrdadh ris ro mhath, ge-tà…"

"B' eòlach a sheanair air siognail," arsa Mòr. "'S ann ainneamh a dh'fhuiricheas na daoine Gallta sin càil a dh'ùine co-dhiù. Thig iad as t-samhradh agus cha chùm thu ceòl riutha. Ach 's e gnothach eile a th' anns a' gheamhradh – mar a tha fios agad fhèin."

"Chan eil iad cleachdte ris an droch shìde," thuirt Flòraidh. "Chan eil mi fhèin ro dhèidheil air a bharrachd!"

"Ach tha thu cleachdte ris. Agus a bhith gun aran 's gun bhainne nuair nach tig aiseag – ach chanadh tu orrasan gur ann a Hiort a bha iad!" lean Mòr oirre. "Aon trup, chaidh mi a-null thuige le sgonaichean. *'Gluten-free, I hope?'* ars esan, ge brith dè tha sin. Rinn mi bonnach do Choinneach cuideachd."

"An tuirt e gun tadhaileadh e oirbh?" dh'fhaighnich Flòraidh.

"Dh'iarr mi air tighinn a chèilidh, ach cò aig a tha fios. Bha e fhèin is Calum gu math àraid – cha robh e a' togail a thòine às an taigh againne nuair a bha e beag."

B' eòlach a sheanair air *idiom: referring to something novel*
cha chùm thu ceòl riutha *idiom: you can't keep up with their enthusiasm*
a' togail a thòine às *idiom: he was always there*

Mhothaich a' chailleach dhen fhaileas aithghearr a nochd air aodann Flòraidh mus do stiùir an tè òg an còmhradh taobh eile. "Tha agallamhan san sgoil an-ath-sheachdain. Airson na h-obrach sin – obair Mhgr Clark. Bha mi a' bruidhinn ri Criosaidh Aonghais Bhig Dimàirt agus dh'inns i dhomh."

"Ach ò, dè an cor a th' oirrese na làithean sa?" dh'fhaighnich Mòr. "A bheil i cho leòmach 's a bha i riamh? I cho pròiseil agus daonnan a' feuchainn ri bhith cho spaideil!"

"B' ann a' fònadh thugam a bha i," thuirt Flòraidh le gàire. "Tha i a' cur consairt air dòigh – no cèilidh, no rudeigin. Seachdain Dihaoine. Bha i ag iarraidh oirnne a dhol ann – mi fhèin 's sib' fhèin is Ella – seach gu bheil ise a' tòiseachadh san sgoil as t-samhradh. Ach chan eil fhios a'm an dèanadh i a' chùis air rud mar sin..."

"Ò, seadh. Uill, chì sinn, a ghràidh. An robh an còrr a naidheachd aig an tè bhàin?"

"Cha robh – bha cabhag oirre. Thuirt i gun robh aice ri falbh dhan Òban le sgoilearan – farpais, no rudeigin. Saoilidh mi gun do thill iad a-raoir air an aiseag."

"Splaoid eile. Chan eil seachdain nach eil na sgoilearan sin a' falbh a bhadeigin. Chan aithne dhòmhsa mar a tha iad ag ionnsachadh càil. Cha robh guth air a leithid na mo latha-sa."

"Tha Criosaidh a' smaoineachadh gum faigh Eàirdsidh aig Raonaid an obair anns an sgoil," lean Flòraidh oirre.

"Thuirt i gun robh e dìreach air tilleadh dhachaigh agus gur e tidsear sgoinneil a th' ann."

"Uill, chan e sin a chuala mise!" thuirt Mòr. "Tha iad ag ràdh riumsa gu bheil an creutair sin dìreach gun fheum. Bha e a' teagasg ann an Glaschu agus cha do mhair e ach trì mìosan – sin a thug air tilleadh dhachaigh. Mar a thuirt mi, sin a chuala mise."

"Càit a bheil sibh a' faighinn nan naidheachdan, a Mhòr?" dh'fhaighnich Flòraidh le gàire. "Air m' onair, chan eil sìon a' dol seachad oirbh!"

Bha gleans ann an sùilean na cailliche nuair a fhreagair i. "Siuthad thusa! Is creid gum biodh Criosaidh Aonghais Bhig a' putadh mac a peathar airson na h-obrach. Ach chanainn gu bheil barrachd cèille aig a' Mhoireasdanach – sin a-nis duine dòigheil, ceart."

"Cha tuirt e gur ann air sàillibh na h-obrach a thàinig e chun an eilein, ma-thà?"

"Cò, Coinneach? Cha do leig e air guth. Tha coltas cliobhar air, ge-tà – ged nach eil e ro spaideil. 'S dòcha gur e fear-saidheans a th' ann gun teagamh, a Fhlòraidh. Nach bi iad ag ràdh gu bheil an fheadhainn sin an-còmhnaidh caran luideach? Agus fhuair mi a-mach nach eil sgath dheth pòsta."

"Ò, seadh?"

"Dh'fhaighnich mi dha an robh bràmair aige – "

"A Mhòr!"

"Cha do fhreagair e mi an toiseach agus chaidh e cho

---

chan eil sìon a' dol seachad oirbh *you don't miss a thing*

dearg ri partan. 'S dòcha gu bheil e dealaichte – cò aig a tha fios. Ach dh'inns e dhomh an uair sin gun robh e an seo leis fhèin – dìreach e fhèin agus an cù."

"Tha cù aige? Ciamar a bha ise nuair a chunnaic i e?" dh'fhaighnich Flòraidh, a' gnogadh a cinn a dh'ionnsaigh an t-sòfa.

"Sin a-nis an rud annasach, a Fhlòraidh – bha i ceart gu leòr. Ach 's e cù gu math solta a th' ann; cù-chaorach dubh is geal air a bheil Luran. Seall sin a-nis, feumaidh gu bheil an stòiridh ud fhathast aige air chuimhne. A bheil i agad, a Fhlòraidh? Saoilidh mi nach robh na daoine agaibhse cho dèidheil air na seann sgeulachdan 's a bha sinne – "

"Chuala mi i," fhreagair Flòraidh gu cabhagach, eagal oirre gun tòisicheadh Mòr air naidheachd a bheireadh fad an fheasgair agus nach fhaigheadh i car a dhèanamh. "Luran – nach e sin am fear a ghoid an cupa bho na sìthichean?"

"Sin agad e!" thuirt a' chailleach gu sunndach, ged a bha fios aice nach robh mòran ùidh aig Flòraidh anns an t-seann bheul-aithris. Mus d' fhuair i an còrr a ràdh, chuala iad mèaran a' tighinn bhon t-sòfa, a leig fhaicinn dhaibh gun robh an tè bheag air dùsgadh.

"Trobhad gus an inns Granaidh dhut sgeulachd Lurain, stubag bheag," thuirt Mòr. "'S dòcha gun inns mi i aig consairt na sgoile cuideachd. An tèid sinn ann, Ella? Mi fhèin 's tu fhèin is Mamaidh? Agus Piullag!"

---

stubag bheag *idiom: wee darling (said to little girls)*

Thug Flòraidh sùil oirre ach cha tuirt i guth. Bha fios aca le chèile nach robh Ella Bheag dèidheil air cus dhaoine no air cus fuaim, agus gur ann mì-shaorsainneil a bhiodh iad uile aig cuirm dhen t-seòrsa sin.

6
An t-Agallamh

Cha robh madainn Diluain air a bhith ach riaslach do Choinneach. Bha e air am fòn aige a sheatadh agus e am beachd èirigh tràth, ach ge brith dè a thachair, b' e Luran a' sgrìobadh aig an doras a dhùisg e, agus nuair a thug e sùil, chunnaic e le uabhas gun robh e gu bhith deich uairean. Ged nach robh an t-agallamh aige gu feasgar, bha e airson beagan ullachaidh a bharrachd a dhèanamh mus deigheadh e sìos chun na sgoile, ach dh'fheumadh e an toiseach Luran a thoirt a-mach cuairt. An dèidh dha an lòn a dh'fhàg an cù air ùrlar a' chidsin a ghlanadh is grèim bìdh cabhagach a ghabhail, smaoinich e gun dèanadh sgrìob mun chidhe a' chùis dhaibh an-diugh, agus gun tadhaileadh e sa bhùthaidh air an rathad air ais. B' ann an sin a fhuair e a-mach bhon nighinn ghruamaich a bh' air cùlaibh a' chunntair nach robh siognail fòn ro mhath am bad sam bith air an eilean ach shìos anns a' bhaile. An Cadha Glas? Rinn i gàire mus do chrath i a ceann. Phàigh Coinneach gu cabhagach agus rinn e air an doras. 'S gann a thàrr e air suidhe anns a' chàr nuair a sheirm am fòn aige – rùnaire na sgoile le teachdaireachd bhon cheannard: *Saoil an tig thu a-nuas mu leth-uair an dèidh dà reug? Tha tagraiche ann nach do nochd, agus bhiodh e math a h-uile càil fhaighinn seachad sa mhadainn…*

---

sgrìob mun chidhe *a stroll around the pier*
'S gann a thàrr e air suidhe *He had hardly sat down*

Dè a b' urrainn dha a ràdh? Ged a bha e a' cluinntinn guth a mhàthar a' trod ris air cùl inntinn, cha bu dùraig dha ach aontachadh, agus b' ann le ceud cabhaig a rinn e air an taigh. Bha an t-àite na bhùrach agus cha robh sgeul aige air uaireadair – no air an taidh ùr a bha e air a cheannach a dh'aona ghnothach – ach an dèidh dha sgolag a thoirt air fhèin, leum e air ais dhan chàr, far an robh Luran ga fheitheamh agus gun e idir a' tuigsinn dè an othail a bha a' dol.

Ach ma mhothaich Mgr Moireasdan is ceannard na Roinne Saidheans nach robh e air mòran ullachaidh a dhèanamh – air fhèin no airson an agallaimh – cha robh e follaiseach. Bha fios aige gun robh a chuid fhreagairtean air còrdadh riutha, agus nuair a ghairm Mgr Moireasdan air ais e, bha e an ìre mhath cinnteach nach b' e am fear ruadh a bha a' feitheamh còmhla ris a bh' air an obair fhaighinn.

A-nis, b' ann le faothachadh a lean e ceannard na roinne agus iad a' dèanamh an slighe tro thrannsaichean fada na sgoile. Ged nach robh Fiona NicMhathain air a bhith san sgoil ach airson ceithir bliadhna – agus i a' coimhead gu math òg airson a bhith aig àirde a dreuchd – bha e follaiseach do Choinneach gun robh i sàr-eòlach air gach mìr de dh'obair sgoile, agus a bharrachd air a sin, gun robh i misneachail is comasach.

"Meal do naidheachd a-rithist, a Choinnich," thuirt i ris gu coibhneil nuair a ràinig iad doras seòmar an luchd-teagaisg. "Tha mi taingeil, toilichte gura tusa a fhuair an obair – innsidh mi sin dhut!"

Cha robh Coinneach buileach cinnteach dè bha i a' ciallachadh, ach rinn e gàire air ais rithe mus do bhruidhinn e. Bha e mothachail nach robh ach beagan mhionaidean air fhàgail de dh'àm dinnearach, agus thug seo leisgeul dha an còmhradh a stiùireadh taobh eile. "Tha mi air maill gu leòr a chur oirbh mar-thà, Fiona. Cha d' fhuair sibh grèim bìdh a ghabhail – a bheil clas agaibh an-dràsta?"

"Cha leig thu a leas a bhith ag ràdh *sibh* riumsa – nì *thu* a' chùis! Agus na gabh dragh mu mo dheidhinn-sa; chan eil an ath chlas agam gu trì uairean," fhreagair Fiona agus i a' putadh an dorais fosgailte le a h-uilinn. "Cofaidh no teatha?"

"Bhiodh cupa cofaidh dìreach sgoinneil," fhreagair Coinneach, "gun bhainne no siùcar, tapadh leibh – *leat*!" Lean e a-steach i, boillsgeadh de dh'iomagain ga bhualadh airson tiotan, gus am faca e nach robh mòran dhaoine anns an t-seòmar mhòr, shoilleir.

"Thèid sinn sìos nuair a ghabhas sinn an cofaidh – seallaidh mi dhut far a bheil a h-uile càil agus bheir mi dhut an clàr-ama agad. Tha Club Saidheans againn às dèidh na sgoile a h-uile Diluain, ach gabhaidh sinn do leisgeil an-diugh, seach gu bheil seachdain eile agad mus tòisich thu!"

Bha seòmar an luchd-teagaisg air a sgeadachadh mar

a h-uile gin eile dhe sheòrsa san dùthaich, mhothaich Coinneach, le sreath de shèithrichean cofhurtail, agus an trealaich àbhaisteach a bhios aig tidsearan sgapte air feadh an àite. Bha triùir bhoireannach òga thall aig an t-sinc a' sgoladh chupannan, agus bha bodach glas ann an seacaid chlò thall san oisean, peann aige na làimh agus e a' sgrùdadh pàipear-naidheachd. Thug e sùil air Coinneach mus do thill aire chun an tòimhseachain-tharsainn a bha e a' lìonadh.

"Seo far am bi a' chuid as motha dhen luchd-obrach a' tighinn," thuirt Fiona. "Ach tha eagal orm gu bheil a' mhòr-chuid dhiubh air falbh a-nis agus na clasaichean aca gus tòiseachadh. Coinnichidh tu riutha a-rithist, ge-tà. Tha rùm beag againne dhuinn fhèin shìos anns an roinn cuideachd."

Cha do sheall duine an taobh a bha Coinneach, agus dh'fhairich e iomagain ga bhualadh airson an dàrna turais ann am beagan mhionaidean.

"Gabhaibh mo leisgeul, a chàirdean!" thuirt Fiona ann an guth làidir. "Mus falbh sibh – seo agaibh Coinneach MacDhòmhnaill, a fhuair an obair saidheans. Bidh e a' tòiseachadh còmhla rinn a dh'aithghearr. Bha mi dìreach ag innse dha cho dòigheil 's a tha a h-uile duine ann an Sgoil Bhaile a' Chamais! A Choinnich – Mata, Mairead, Sailidh agus Iseabail."

"Hai! Tha e math coinneachadh ribh," thuirt Coinneach ann an guth aotrom.

Thàinig fiamh-ghàire gu aodann a' bhodaich ghlais agus thog e a làmh ris, ach mhothaich Coinneach nach robh an fheadhainn a bha thall mun t-sinc a' coimhead ro thoilichte. Ged a bha fios aige gun robh cabhag orra, bha guth beag buaireasach na cheann ag ràdh ris nach robh sgath dhiubh air an dòigh. Chuir e an smuain an dàrna taobh agus dh'fheuch e ri bhith cho bàidheil 's a b' urrainn dha nuair a lean e air: "Tha mi a' coimhead air adhart gu mòr ri bhith ag obair còmhla ribh."

Ghnog tè dhiubh a ceann ris, agus ged a chuir an dithis eile meal-a-naidheachd lapach air san dol seachad, dh'aithnich Coinneach nach robh mòran tlachd air cùlaibh nan dùrachdan aca. Choimhead e air Fiona ach bha e doirbh càil a leughadh bho a gnùis, i trang a' lìonadh dà mhuga le uisge goileach. Sheas Coinneach far an robh e agus e a' faireachdainn mar gun robh fras fhuar air tighinn air gun fhiosta às na speuran. Ged a rinn e gàire lag nuair a shìn Fiona an cupa cofaidh thuige, bha inntinn a' ruith gu cabhagach air dè a dh'fhaodadh a bhith air cùlaibh mì-choibhneas chàich. B' e an clag a' seirm agus an doras a' fosgladh a-rithist a dhùisg e bho a smuaintean.

"À, a Chriosaidh, a bheil mionaid agad?" chuala e Fiona ag ràdh ri tè bhàn a bha dìreach air tighinn a-steach, ultach leabhraichean aice fo a h-achlais agus coltas trang oirre. Stad Coinneach gu h-obann. Cò a bh' ann ach boireannach caol an aiseig, am baga leathair fhathast air a gualainn agus a' chùbhrachd spìosrach cho làidir 's a bha i riamh.

"Trobhad ach an coinnich thu ri Coinneach," lean Fiona oirre gu sunndach. "Coinneach MacDhòmhnaill – an tidsear saidheans ùr againn. A Choinnich – Criosaidh Rothach."

Sheas am boireannach ga choimhead, agus shaoil Coinneach an toiseach nach robh cuimhne aice air. Thug i greiseag ga sgrùdadh air a socair, a h-aodann reòthte, gun fhiamh. Ach an uair sin dh'atharraich an tuar a bh' air a gnùis agus rinn i seòrsa de ghàire, an fhiacail òir follaiseach airson tiotan air cùlaibh nam bilean dearga. "Tha e math coinneachadh riut, a Choinnich – a-rithist!" thuirt i mu dheireadh. "Meal do naidheachd."

Thionndaidh i an uair sin gu tlachdmhor a dh'ionnsaigh Fiona, ach cha deach an gleans seòlta a bha sna sùilean gorma seachad air Coinneach, agus thuig e sa bhad gur e fuath a bh' air an cùlaibh. Thuig e cuideachd gun robh i fada ro ghleusta airson sin a dhèanamh follaiseach air beulaibh Fiona, agus bha fios aige gum feumadh e a bhith air fhaiceall roimhpe – agus ron fheadhainn a bha dìreach air falbh.

"Choinnich sinn oidhche Haoine air an aiseag," thuirt Criosaidh ri Fiona gu bàidheil. "Ach cha robh mòran ùine againn còmhradh ceart a dhèanamh – bha am bàta gu bhith aig a' chidhe."

"Tha e math ur faicinn a-rithist," fhreagair Coinneach, ged nach b' urrainn dha gun a bhith a' smaoineachadh air dranndanaich Lurain, agus mar a bhios gliocas ainmhidhean a' nochdadh ann an iomadh riochd.

---

ann an iomadh riochd *in many guises*

“Tha Criosaidh a’ teagasg Beurla,” thuirt Fiona. “Ach tha i a’ dèanamh tòrr eile a bharrachd cuideachd. Chan eil fhios a’m dè dhèanamaid às a h-aonais, a dh’innse na fìrinne. Càit an tòisich mi: tha i dìreach air tilleadh às an Òban le sgoilearan a bh’ aig deasbad – ’s dòcha gu bheil fios agad gun do bhuannaich iad; tha i a-nis a’ cur air dòigh consairt ’son airgead a thionail airson cuairt-sgoile dhan Eadailt; agus an-uiridh, bha i air geàrr-liosta nan Duaisean Foghlaim – airson tidsear na bliadhna!”

“Smaoinich!” fhreagair Coinneach, agus e a’ cuimhneachadh air a liuthad dhe seòrsa ris an do choinnich e na dhreuchd. Bha e dìreach a’ cur na smuaine seirbhe sin às inntinn nuair a sheirm am fòn a bh’ air a’ bhalla air cùlaibh a’ bhodaich ghlais, nach robh air aon fhacal a ràdh thuige seo.

“Tha Mgr Moireasdan gad iarraidh san oifis, Fiona,” thuirt e, a’ cur sìos am fòn agus a’ tilleadh chun a’ phàipeir-naidheachd. “*An-dràsta, mas e do thoil e*, chaidh a ràdh rium a ràdh riut. Meal do naidheachd, a bhalaich.”

Rinn Fiona osna agus leig i às am muga cofaidh aice air a’ bhòrd. “Bidh mi air ais ann am mionaid, a Choinnich. Gabh thusa do chofaidh. Faodaidh tu eòlas a chur air Mata gus an till mi – ma tha thu math air tòimhseachain-tarsainn, gheibh sibh air adhart le cinnt!”

Bha Criosaidh air an dùn leabhraichean a leigeil às air sèithear, agus air a dhol a-null gu sreath de sheann locairean fiodha a bh’ air a’ bhalla ri taobh na sinc.

Dh'fhosgail i fear dhiubh agus thug i a-mach pacaid thoitean, a chuir i na baga, mus do thionndaidh i a-rithist ri Fiona.

"Coisichidh mi sìos còmhla riut chun na h-oifise. Feumaidh mise bruidhinn ri Ailig cuideachd. Ach thèid mise a-steach romhad, ma tha sin ceart gu leòr, agus mi cho sgriosail fhèin trang. Feuchaidh mi gun a bhith ro fhada..."

"Trobhad a-nall, a bhalaich," ars am bodach glas, nuair a dhùin an doras agus nach robh anns an t-seòmar ach iad fhèin. "Agus do bheatha dhan dùthaich. *An-fhoiseil, math dh'fhaodte, a' marcachd le cabhaig?*"

"Gabhaibh mo leisgeul?"

"Facal fada – dà litir dheug. Dè do bharail?"

"À, seadh! Fear dhiubh sin a th' ann," fhreagair Coinneach gu sunndach, e a' suidhe ri taobh Mhata aig a' bhòrd agus a' sgrùdadh an tòimhseachain. *An-fhoiseil, math dh'fhaodte, a' marcachd le cabhaig.* Fuirich – dè mu dheidhinn *luathaireach?*"

"Luath air each! Sin thu, a bhalaich!" arsa Mata, agus e a' sgrìobhadh gu sgiobalta anns a' phàipear-naidheachd. "Tha mi a' faicinn gu bheil rudeigin eadar do dhà chluais."

Rinn Coinneach gàire nuair a chunnaic e an gleans a bh' ann an sùilean a' bhodaich, agus e air a dhòigh gun robh cuideigin càirdeil anns an àite, a bharrachd air Fiona.

"Dè tha sibhse a' teagasg, ma-thà, a Mhata?"

Chuir am bodach sìos am peann agus thug e sùil

shòlamaichte air Coinneach. "Cruinn-eòlas. Fad dà fhichead bliadhna dhe mo bheatha – a còig air fhichead dhiubh san àite sa. Cha chreideadh tu mar a tha rudan air atharrachadh san àm sin, a bhalaich, agus chan ann nas fheàrr a tha iad a' dol."

Ghnog Coinneach a cheann ris ach cha tuirt e guth.

"Ach, tha mi a' leigeil dhìom mo dhreuchd nuair a dhùineas an sgoil an-dràsta," thuirt Mata.

B' e briseadh-dùil mòr a bha seo do Choinneach, agus stad e mionaid mus do fhreagair e. "Nach bochd sin. Bha mi a' coimhead air adhart ri bhith ag obair còmhla ribh – agus a' dèanamh tòimhseachan-tarsainn no dhà cuideachd."

"Ach uill, sguir mi a dh'obair làn-ùine an-uiridh," thuirt Mata. "Chan eil mi a' dèanamh ach trì latha san t-seachdain a-nis, agus tha sin gu leòr do bhodach sam bith!"

"Chan eil mi cinnteach an tèid agam fhèin air a bhith ag obair an seo làn-ùine nas motha," fhreagair Coinneach. "Chan eil fhios a'm nach do rinn mi mearachd mhòr, a' tighinn air ais chun an eilein…"

Bha e mothachail gun robh Mata a-nis ga gheur-amharc, gun sgeul air an àbhachd a bh' air aodann o chionn beagan mhionaidean. "Bha iadsan airson 's gum faigheadh fear eile an obair," thuirt e air a shocair, agus e a' gnogadh a chinn a dh'ionnsaigh an dorais. "Eàirdsidh Mac a' Ghobhainn – am balach aig piuthar Criosaidh."

---

tha mi a' leigeil dhìom mo dhreuchd *I'm retiring*

"Am fear ruadh ud a chunnaic mi shìos an staidhre?"

"Sin agad e. Agus tha Sailidh – an tè bheag dhonn leis na casan reamhar – a' falbh leis. Ach 's e dearg amadan a th' ann an Eàirdsidh Mac a' Ghobhainn agus tha mise air mo dhòigh nach e a fhuair an obair. Tha agus Fiona, chanainn."

"A bheil e cho dona sin?" dh'fhaighnich Coinneach le gàire.

"Ò, a bhalaich, cha chreideadh tu am miastradh a nì gloidhc mar siud ann an sgoil. Tha mi air gu leòr dhiubh fhaicinn na mo latha. Fuirichidh iad fad bhliadhnaichean cuideachd – agus cha chuir thu às iad leis a' ghràpa!"

"Uill, chan eil mise airson aimhreit sam bith a dhèanamh an seo," thuirt Coinneach air a shocair. "Ach tapadh leibh airson sin innse dhomh. Mar a thuirt mi, 's dòcha gu bheil mi air mearachd mhòr a dhèanamh – "

"Tud! Na saoil càil dheth," thuirt Mata, is e ag èirigh gu a chasan agus a' dol a-null chun an t-sreath locairean. "'S fheàrr dhòmhsa falbh cuideachd. 2C agam aig trì uairean agus feumaidh mi rudeigin a chur air dòigh dha na bugairean beaga. *Daoine misneachail* – nach e sin a chanas an fheadhainn a tha os ar cionn a-nis? *Saoranaich chiallach agus daoine misneachail.* Bugairean beaga, air am misneachadh leis a' mhì-mhodh – sin a chanas mise!" Chrùb e sìos agus dh'fhosgail e fear de na locairean ìosal, a' sadail a' phàipeir-naidheachd na bhroinn agus a' cur a' phinn na phòcaid-bhroillich, mus do dh'èirich e gu

---

cha chuir thu às iad leis a' ghràpa *idiom: they are hard to get rid of*
saoranaich chiallach *responsible citizens*

slaodach gu a chasan. "Co-dhiù, tha latha sgoile eile gu bhith seachad, agus nach math sin."

"Tapadh leibh a-rithist, a Mhata," fhreagair Coinneach, agus gath aithreachais eile ga bhualadh nuair a chuimhnich e nach biodh sgeul air a' bhodach seo nuair a dh'fhosgladh an sgoil san Lùnastal. Cò aig a bha fios am biodh e fhèin ann, smaoinich e an uair sin, agus a' mhì-chinnt a dh'fhairich e mìle uair bhon a dh'fhalbh e à Sasainn ga bhualadh às ùr.

"Ò, agus faodaidh tu an locair a bh' aig Nigel Clark fhaighinn – tha e an siud anns a' mheadhan am badeigin," thuirt Mata san dealachadh, a' cuimseachadh le chorraig air na dorsan beaga fiodha. "Cuir d' ainm fhèin air."

Nuair a dh'fhalbh Mata, dh'òl Coinneach na bh' air fhàgail dhen chofaidh aige agus e a' beachdachadh air briathran a' bhodaich. An uair sin, thug e greis a' sgrùdadh nam postairean a bh' air a' bhalla. Càit an robh Fiona? Thug e sùil air a' chloc. Bha e an dòchas nach biodh i ro fhada agus Luran leis fhèin a-muigh anns a' chàr. Ghlan e am muga cofaidh agus shuath e timcheall na sinc le clobhda. An uair sin, chaidh e a-null chun na h-uinneige agus sheas e greis, a' coimhead a-mach air an raon-chluiche far an robh an tidsear spòrs agus grunn sgoilearan a' cluiche iomain. Ged nach cluinneadh e iad, bha e follaiseach gun robh iad air an dòigh, agus chaidh biorgadh farmaid troimhe.

An ceann greise, agus gun sgeul air Fiona, chaidh e

---

a' cuimseachadh le chorraig *pointing with his finger*
biorgadh farmaid *a pang of jealousy*

a-null chun an t-sreath locairean, feuch an lorgadh e am fear a bh' aig an t-seann tidsear saidheans. Bha steigearan beaga le ainmean air a h-uile fear dhiubh, agus ged a ghabhadh iad glasadh, mhothaich Coinneach gun robh na h-iuchraichean air am fàgail anns a' chuid a bu mhotha dhiubh. Cha tug e fada gus an do lorg e am fear a bh' air a bhith aig Nigel Clark. Cha robh càil na bhroinn ach cèis-litreach bheag gheal, agus nuair a thug e sùil, chunnaic e le iongnadh gun robh ainm fhèin sgrìobhte oirre. Cha robh fios aig Coinneach dè a chanadh e nuair a dh'fhosgail e i agus a shlaod e a-mach am pìos pàipeir a bha na broinn. B' ann à deotar sgoileir a bha e air a shracadh, agus anns an aon sgrìobhadh 's a bh' air a' chèis, bha teachdaireachd ghràineil a chuir uabhas a bheatha air:

THALLA DHACHAIGH – CHAN EIL DUINE GAD IARRAIDH AN SEO!

Ghabh Coinneach ceum cabhagach air ais mus do dhùin e an doras beag le brag. An uair sin, dh'fhairich e fàileadh sònraichte a thug air stad: fàileadh spìosrach a chuir inntinn na breislich is a thug air am pìos pàipeir a thogail ri a shròin – agus a dh'inns dha, gun teagamh sam bith, cò a bh' air cùlaibh nam briathran puinnseanta.

7

Leabhar nan Sìthichean

Nuair a chunnaic Ella an càr gorm a' dràibheadh air falbh, Coinneach – nach robh buileach cho dona 's a bha i an dùil – aig a' chuibhill, agus an cù molach san deireadh, rinn i cabhag a-null chun a' gheata agus a-steach dhan ghàrradh. Chuala i a màthair agus Granaidh ag ràdh gun robh e a' dol chun na sgoile an-diugh, agus ged nach robh i ro chinnteach dè bh' ann an agallamh, bha i dhen bheachd gur e rud a bh' ann a bheireadh deagh ghreis. Bha Mamaidh a' feuchainn ris an taigh a ghlanadh, agus bha fios aice gum biodh Granaidh anns a' chidsin aice fhèin, ag òl teatha no a' norradaich ri taobh an stòibh. Shiolp Ella air a socair suas seachad air an taigh aice, gun stad.

A' chiad turas a thuig i gun gabhadh an uinneag fosgladh bhon taobh a-muigh, bha i air a bhith a' cluiche le ball ann an gàrradh Màiri Dhùghaill. Bha Granaidh a' smaoineachadh gun robh i shuas air cùlaibh an taighe aice fhèin, a' ruith nan sìthichean. Ach bu toigh le Ella a bhith a' tighinn dhan ghàrradh aig Màiri, far an cluinneadh i torman ceòlmhor an uillt, le a ruitheam socair a bha ga fàgail ciùin. Bha Granaidh air tuiteam na cadal agus cha robh sgeul air an duine bheag neònach a bh' ann an taigh Dhòmhnaill Ruaidh. B' ann nuair a bhuail am ball air an uinneig a mhothaich i gun robh pìos beag dhi fosgailte aig a bonn.

A-nis, an dèidh dhi an geata a shlaodadh às a dèidh, sheas i greiseag bheag air cùlaibh an taighe, ag èisteachd gu furachail. Cha robh Cailleach a' Ghlupa Dhuibh a' caoineadh an-diugh idir, ach bha i air Piullag fhàgail aig an taigh, an dèidh na thachair dhi an oidhche eile. Bha Piullag cho gealtach, smaoinich i, ach cha robh sgath eagail aicese ron Ghruagaich Ghlais, a dh'aindeoin rabhaidhean dubhach Granaidh. Bha i uaireannan na bu mhiosa, ag ochanaich is ag achanaich gun sgur, agus bhiodh Ella a' cur a corragan na cluasan airson am fuaim a mhùchadh nuair a dh'fhàsadh i searbh dheth. Thachradh rudeigin, agus an uair sin bhiodh a' Chailleach sàmhach greis eile.

Bha i air fuaim uabhasach a dhèanamh an oidhche mus do dh'fhalbh Màiri Dhùghaill. Bha Ella a' tuigsinn glè mhath nach robh càil ann a ghabhadh dèanamh, aon uair is gun tòisicheadh an caoineadh cianail a bha siud. B' fhasa dhut iarraidh air an abhainn fhèin a dhol na tost, no cantainn ri rionnagan nan speur gun a bhith a' deàlradh. Cha robh, cha robh eagal sam bith aicese ron Chaillich – 's ann a bha i a' miannachadh gum faiceadh i an creutair a bha a' dèanamh a' ghlaodhaich. Uaireannan, bha i a' smaoineachadh gun robh i fhèin car coltach rithe, nuair a bhiodh i a' feuchainn ri bruidhinn ris a' chloinn eile agus a bhiodh iad a' teiche air falbh on fhuaim a bhiodh i a' dèanamh.

Bha Granaidh air innse dhi nach robh a h-uile duine ga cluinntinn idir. Cha robh Mamaidh – bha Ella

---

ag ochanaich is ag achanaich *moaning and groaning*

cinnteach às a sin – agus cha robh i a' smaoineachadh gun robh a' chlann eile na bu mhotha. Chuimhnich i air an latha a leig Meusaidh NicAoidh leatha a dhol suas còmhla rithe gu tobhta na muilne. Bha am fuaim dìreach eagalach an latha sin, ach cha do choimhead Meusaidh aon uair a dh'ionnsaigh an àite às an robh e a' tighinn. Gach turas a choimheadadh Ella oirre, cha robh i ach a' cluiche gu toilichte am measg nan seann chlachan. Bha Ella a' smaoineachadh gum b' urrainn do Choinneach a cluinntinn, ge-tà. Chunnaic i an t-eagal a bha na aodann, oidhche Haoine, nuair a bha e na sheasamh aig an uinneig.

Dh'fheumadh i cabhag a dhèanamh a-nis mus tilleadh e dhachaigh. Chaidh i a-null agus chuir i a corragan a-steach fon fhiodh, a' slaodadh suas na h-uinneige cho cruaidh 's a b' urrainn dhi. Thuirt Mamaidh gun robh i fada ro fhuar an-diugh airson an dreasa shìoda, ach leig i leatha na sgiathan beaga a chur oirre air muin a seacaid. Cha robh e furasta sreap a-steach air an uinneig leotha, ach an dèidh beagan riaslaidh, bha i na seasamh ann an seann seòmar-cadail Màiri.

Thàinig sgraing gu a h-aodann nuair a chunnaic i cho troimh-a-chèile 's a bha an t-àite. Bha dùn aodaich air a thilgeil air uachdar na leapa, agus bha leabhraichean air an càrnadh air an ùrlar, thall anns an oisean. Thug i sùil, ach cha robh an leabhar aicese idir nam measg. Nuair a chunnaic i na bha de mhàileidean is de bhagannan air feadh an àite, thàinig e a-steach oirre gun robh Coinneach am beachd fuireach an seo gu bràth. Bha e a' cur iongnadh oirre mar a thoill na bha siud de stuth anns a' chàr ghorm. Mhothaich i gun robh dealbh air a' bhòrd bheag ri taobh na leapa, a bha air a sracadh na dà leth. Thog i an dà phìos agus chuir i ri chèile iad. Bha nighean bhrèagha ann an dreasa bhuidhe a' dèanamh gàire ris a' chamara. Ged nach robh an coltas a bha na sùilean a' còrdadh ri Ella, bha an dealbh a' dèanamh dragh dhi oir cha bu toigh leatha rud sam bith nach robh snasail. Smaoinich i gun cuireadh i an nighean bhragail ri chèile leis an teip steigich a bh' ann an drathair Màiri Dhùghaill agus stob i an dealbh na pòcaid.

Laigh a sùil an uair sin air giotàr a bha an tacsa a' bhalla, thall ri taobh an dorais. Nuair a chuir i a corrag air na teudan, rinn iad fuaim snog agus rinn i gàire. Tharraing i a corragan tarsainn orra a-rithist is a-rithist, ag èisteachd ris an fhuaim. Dh'fhairich i an ceòl a' dol troimhpe – criothnachadh eireachdail, àlainn a thug oirre a sùilean a dhùnadh teann – agus thòisich i a' seinn an duain bhig aice fhèin. Sheas i an siud airson ùine mhòir, a' cluiche leis an ionnsramaid, gus an tàinig adhbhar a turais a-steach oirre agus a thuirt i rithe fhèin gum b' fheàrr dhi cabhag a dhèanamh.

Dhùin i doras an t-seòmair-chadail air a cùlaibh agus rinn i a slighe sìos dhan chidsin, far an robh i fhèin is Piullag is Granaidh air a bhith còmhla ri Coinneach, feasgar Disathairne. Choimhead i a-steach dhan chlòsaid bhig agus bha i toilichte nach robh Coinneach air

---

criothnachadh eireachdail *lovely vibrations*

buntainn do chàil a bha na broinn. Ach thàinig sgraing gu a h-aodann nuair a chunnaic i an cidsin. Bha soithichean salach anns an t-sinc agus bha baga làn bìdh air a leigeil às ann am meadhan an ùrlair.

Thog i orainsear a bh' air tuiteam às a' bhaga agus chaidh i a-null chun a' bhùird leis. Thall mun doras, bha paidhir bhròg a bha làn gainmhich, agus searbhadair fliuch às an robh fàileadh grod a' tighinn. Smaoinich i air a' chù mholach agus rinn i drèin. Thug i sùil eile air a' bhòrd. Bha a h-uile òirleach dheth air a chòmhdach le trealaich: aig aon cheann, bha pàipearan is leabhrain-sgrìobhaidh sgapte gu mì-sgiobalta; aig a' cheann eile bha lof dhonn, crogan-silidh gun cheann, pacaid ime agus tuilleadh shoithichean salach.

Thog i na pàipearan, gan cur cruinn còmhla mar a b' fheàrr a b' urrainn dhi, agus an uair sin chuir i an ceann air ais air a' chrogan-shilidh. Nuair a thog i an t-ìm, dh'fhalbh e às a làmhan agus b' fheudar dhi a' phacaid a bhreabadh gu cabhagach a-null dhan oisean. Smaoinich i gun robh an t-orainsear a' coimhead caran aonranach an siud leis fhèin air a' bhòrd agus chuir i a-null dhan bhobhla-mheasan e. Mhothaich i gur e bobhla fiodha a bh' ann a-nis, nach robh a leth cho snog ris an fhear ghlainne a bhrist i an oidhche a theich Piullag.

Thog i ubhal dearg agus thug i grèim às, ach bha e cruaidh is gu math searbh. Dh'fheuch i fear eile, mus do chuimhnich i nach robh còir aice a bhith an seo idir, agus chuir i an dà ubhal gu cabhagach air ais far an d' fhuair i iad, a' falach an taoibh às an tug i na greimeannan. An uair sin, thug i an ceann às a' chrogan-shilidh. Nuair a dh'fheuch i ris na pàipearan a chur air ais mar a bha iad, thuit feadhainn dhiubh oirre chun an ùrlair, agus smaoinich i gum b' fheàrr dhi falbh mus tachradh an còrr.

Sheas i greis ann an doras an t-seòmair-shuidhe, ag amharc nan dealbhannan a bh' aig Màiri Dhùghaill air a' bhalla. Bha a' mhòr-chuid dhiubh a' sealltainn àiteachan brèagha, no flùraichean dathte air am peantadh gu grinn. Ach bha tè bheag thall ri taobh an àite-theine a bhiodh an-còmhnaidh a' glacadh a h-aire, gach turas a thigeadh i a-nuas dhan rùm seo. Anns an dealbh, bha fear a' teiche tarsainn air drochaid, a làmhan suas ri a chluasan agus e a' sgiamhail. Bha an t-adhar dearg os a chionn agus bha dithis eile – cumaidhean dorcha, mì-shoilleir air an robh droch choltas – air a chùlaibh. Bha aodann an duine a' dèanamh dragh dhi agus cha robh Ella cinnteach an robh an dealbh a' còrdadh rithe no an robh gràin a beatha aice oirre. Chuir i a làmhan suas ri a cluasan agus leig i ràn aiste, a' ruith timcheall an t-sòfa is a-null chun na h-uinneige, mar an neach anns an dealbh.

B' ann an sin a chunnaic i an leabhar, na laighe air an t-sèithear ri taobh na h-uinneige. Thàinig e a-steach oirre le iongnadh gun robh esan air a bhith ga leughadh. An dèidh dhi cluasag a shlaodadh far an t-sèitheir phurpaidh, shuidh i air an ùrlar leis, a' tionndadh nan duilleagan agus a' miannachadh gum b' urrainn dhìse na sgeulachdan a leughadh. Choimhead i air na faclan, ach bha na litrichean a' leum is a dannsa mar a b' àbhaist. Bha fios aice gum fàsadh a ceann goirt mura sguireadh i a choimhead orra, agus dhùin i a sùilean airson tiotan mus do thill a h-aire chun nan dealbhannan. Nuair a bhiodh Màiri Dhùghaill a' leughadh, bhiodh a corrag a' siubhal gu slaodach air an duilleig, a h-ìne mhòr bhuidhe fo gach facal agus i a' leantainn na stòiridh, ach cha robh seo a' dèanamh feum sam bith dhìse. Chuimhnich i gun robh i a' dol dhan sgoil ann an ùine nach biodh fada agus theann a mailghean beaga dubha ri chèile gu muladach. Bhiodh a' chlann eile an-còmhnaidh ag èigheach agus a' dèanamh cus fuaim. Bha iad cho mosach rithe cuideachd agus daonnan a' magadh oirre, ag èigheach gur e troich a bh' innte agus gun robh a cluasan biorach. Cha robh i a' tuigsinn carson a bha ise eadar-dhealaichte, no ciamar nach b' urrainn dhìse bruidhinn. Bha na faclan na ceann ceart gu leòr, ach nuair a dh'fhosgladh i a beul, b' e fuaimean neònach eile a bhiodh a' nochdadh. Bha fios aice gun robh daoine a' smaoineachadh nach robh i glic. Bha i air a bhith ag èisteachd an latha ud a chaidh i sìos chun na sgoile còmhla ri Mamaidh. Bha am bodach agus an leadaidh a thàinig a-steach dhan oifis laghach gu leòr, ach thuig i sa bhad gun robh iad a' smaoineachadh gur e gloidhc a bh' innte. Ach cha robh sin ceart, smaoinich i – b' urrainn dhi *ELLA* a sgrìobhadh.

Dh'èirich i gu a casan agus chaidh i a-null chun an àite-theine, far an robh pàipear air a thasgadh aig Màiri Dhùghaill ann an drathair-mullaich an deasg-sgrìobhaidh. Thug i a-mach duilleag agus an uair sin lorg i an seann chrogan-silidh leis na peansailean. Smaoinich i a-rithist air mar a sheall Màiri dhi ELLA a sgrìobhadh. Chuimhnich i mar a bha dà dhòigh ann: ELLA le litrichean mòra agus *Ella* san dòigh eile. Bha i a' tuigsinn carson a dh'fheumadh dà dhòigh a bhith ann – coltach ri Mamaidh ag ràdh Ella air a socair, agus an uair sin ga èigheach aig àirde a claiginn, nuair a bhiodh i a' trod. Sgrìobh i ELLA air an duilleig ann an litrichean mòra, agus thòisich i a' dèanamh dealbh de shìthiche beag sunndach, a' copaigeadh fear a bh' anns an leabhar. Rinn i gàire. Ged a bha na litrichean a' snàmh air feadh na duilleige nuair a dh'fheuchadh i ris na faclan a leughadh, bha i moiteil gum b' urrainn dhi rudeigin a sgrìobhadh.

Shuidh i an sin airson ùine mhòir, a' sgròblaich air an duilleig leis na peansailean aig Màiri agus an-dràsta 's a-rithist a' dol a-null chun an deasg-sgrìobhaidh a dh'iarraidh tuilleadh pàipeir. Chuimhnich i air an dealbh shracte agus, an dèidh beagan rùilich, lorg i an rola teip a bha dhìth oirre. Bha i cho trang le a saothair agus nach do mhothaich i dhen ùine a' dol seachad. B' e fuaim a' chàir ghuirm a' tilleadh chun an taighe a thug air ais gu a mothachadh i, agus nuair a chuala i ceumannan-coise Choinnich anns a' chidsin, bha fios aice nach biodh ùine aice teiche. Smaoinich i air stòiridh nan trì mathan a bhiodh Mamaidh ag innse dhi, agus chuimhnich i air eagal na h-ìghne bige nuair a thill na creutairean cunnartach dhachaigh. Bha a cridhe fhèin a' bualadh gu làidir a-nis agus thàinig e a-steach oirre gum b' fheàrr dhi a dhol am falach.

* * *

Cho luath 's a nochd Coinneach anns a' chidsin, dh'fhairich e gun robh rudeigin ceàrr. An uair sin, mhothaich e gun robh na notaichean aige air gluasad; cha robh e a' tuigsinn ciamar air an aon saoghal a bha feadhainn dhiubh steigeach le silidh agus feadhainn eile dhiubh air an ùrlar. Bha fios aige gun do dh'fhalbh e ann an cabhaig, ach bha e cinnteach nach b' ann mar siud a dh'fhàg e am bòrd. B' e comhartaich Lurain a thug air an cù a leantainn suas tron taigh, far an robh fuasgladh na cùise ga fheitheamh.

Nuair a chunnaic e an leabhar is na peansailean air a' bhrat-ùrlair, smaoinich e gun robh Mòr agus an tè bheag air tilleadh chun an taighe fhad 's a bha e a-muigh. Bha e fhathast eadar dà bheachd mun dàimhealachd làidir a bha eadar muinntir an eilein – na ceanglaichean ud a leigeadh le cuideigin coiseachd a-steach a thaigh duine eile, gun chuireadh no gun iarraidh. Thuirt e ris fhèin nach b' e taing a gheibheadh tu nan dèanadh tu a leithid anns

gun chuireadh *without invitation*

a' bhaile-mhòr. Ach cha robh fios aige am b' urrainn dha an iuchair iarraidh air ais air a' chaillich – bhiodh sin caran doirbh agus i air a bhith cho coibhneil ris.

B' ann air na rudan seo a bha e a' meòrachadh nuair a chuala e sreothart thall mun uinneig a theab a chur à cochall a chridhe, agus a thug air Luran leum a-null a dh'ionnsaigh an fhuaim le sgal mòr de chomhart. Cha robh fios aig Coinneach dè a chanadh e nuair a nochd an nighean bheag neònach a bh' air a bhith a' cèilidh air Disathairne a-mach bho chùlaibh a' chùirteir. Bha i fhathast air a sgeadachadh gu h-annasach, le bòtannan is sgiathan is currac beag buidhe mu a ceann, ach a-nis bha ultach phàipearan aice fo a h-achlais. Rinn Coinneach osna agus ruith e a làmh tro fhalt mus do bhruidhinn e.

"Càit a bheil do sheanmhair?"

Bha Ella a' suathadh a sròine agus a' coimhead air Luran gu mì-chinnteach, ach bha esan a-nis a' crathadh earbaill agus e air stad a chomhartaich. Rinn an tè bheag sreothart eile agus shuath i a sròn ri a muinichill.

"Càit a bheil do sheanmhair?" thuirt Coinneach a-rithist, ann an guth na bu làidire, gun for aige nach b' e trod no èigheach an dòigh a b' fheàrr airson dèiligeadh ri Ella NicLeòid. "Càit an deach do Ghranaidh? A bheil thu ga mo chluinntinn?"

Bha na sùilean uaine ga dhùr-amharc, ach cha robh Ella Bheag a' tuigsinn carson a bha e cho cas. Mu dheireadh, dhrùidh e air Coinneach nach robh a' chailleach

---

a theab a chur à cochall a chridhe *idiom: that almost scared him to death*

còmhla rithe, ach cha robh e a' tuigsinn carson a dh'fhalbh i agus a dh'fhàg i an tè bheag leatha fhèin. B' ann an uair sin a mhothaich e dhan dealbh, na sìneadh air leac an teine agus i air a spuaiceadh le teip steigeach.

"Cha dèan math dhut a bhith a' buntainn do rudan nach eil leat fhèin!" dh'èigh e gu feargach agus e a' togail na deilbh agus ga stobadh na phòcaid. "No a bhith a' tighinn a-steach an seo mura bi mise a-staigh. A bheil thu a' tuigsinn?"

Shuidh Ella air an ùrlar agus chuir i a ceann air a glùinean mus do thòisich i a' rànaich. Rinn Coinneach osna eile. "Ist a-nis – sguir dhen sin!" thuirt e gu cabhagach agus e a' gabhail aithreachas gun robh e air fàs cho greannach. Thug Luran sùil chianail air mus deach e a-null chun na tè bige agus a dh'imlich e a làmh.

"Siuthad a-nis, sguir dhen sin!" thuirt Coinneach a-rithist. Bha am fuaim a bha i a' dèanamh a' fàs na bu làidire agus thàinig e a-steach air gun cluinneadh muinntir a' bhaile i ag èigheach. Chuir an smuain uabhas a bheatha air ach cha robh fios aige dè a dhèanadh e airson toirt oirre stad.

Chuir Ella a corragan na cluasan mus do thòisich i a' sgiamhail. Smaoinich Coinneach mar a bha an latha aige air tionndadh bho shubhachas gu dubhachas ann am beagan uairean a thìde, agus mar a bha mì-shealbh ga leantainn gach àite dhan deigheadh e. "Siuthad a-nis – Ella, nach e?" thuirt e, agus e a' feuchainn ri a ghuth a chumail rèidh. "Tha thu ceart gu leòr. Trobhad a-nis – chan eagal dhut. Sguir a rànaich."

Ach bha Ella a' tulgadh air ais is air adhart air an ùrlar agus i a' dèanamh fuaim a bha cianail. Cha do dh'fhairich Coinneach an doras-cùil a' fosgladh, no Flòraidh a' tighinn a-nuas tron taigh, gus an cuala e an guth cruaidh air a chùlaibh.

"Hoigh! Dè tha thu a' dèanamh?"

Nuair a thionndaidh Coinneach, bha boireannach òg nach fhaca e riamh roimhe na seasamh anns an doras, a sùilean glasa a' lasadh gu feargach air cùlaibh nan speuclairean aice, agus làmh aice air gach cruachan. Bha fios aige nach robh cùisean a' coimhead ro mhath – esan, a bha dìreach air obair fhaighinn anns an sgoil, na sheasamh an siud a' trod, agus nighean bheag bhochd na crùban air a bheulaibh, i gus a dhol às a ciall a' rànaich.

"Tha mi uabhasach duilich. Thàinig – "

"A bheil thu ceart gu leòr, Ella? Càit an robh thu? Dè thachair – dè rinn e ort?" lean am boireannach oirre, agus i a' briseadh a-steach air a chainnt.

"Cha do rinn mise càil oirre!" Bha Coinneach mothachail gun robh e air bruidhinn ro chabhagach agus gun robh a ghuth ro àrd. "Bha i a-staigh romham nuair a thàinig mi dhachaigh. Chan eil fhios a'm ciamar air an aon saoghal a fhuair i a-steach – bha an doras glaiste! Tha i fortanach nach deach an cù an sàs innte."

Cha do leig am boireannach oirre gun cuala i e, agus a h-aire air an tè bhig nach sguireadh a rànaich. Cha tuirt i

---

chan eagal dhut *idiom: you have nothing to fear*

guth airson greis, ach mu dheireadh bhruidhinn i ann an guth ìosal, fuar. "Tha mi cinnteach nach do rinn i cron sam bith. Agus na gabh dragh – cha bhodraig i thu tuilleadh."

Leis a sin, sguab i an tè bheag suas far an ùrlair, a' pronnadh nan sgiathan beaga leis a' chabhaig a bh' oirre, mus do rinn i aiste a dh'ionnsaigh a' chidsin. Chaidh Coinneach às a dèidh, ach nuair a ràinig e ceann shìos an taighe, bha an doras-cùil air dùnadh. Cha robh càil ri chluinntinn ach buille a chridhe fhèin na chluasan agus meangail Lurain, a bha a' coimhead air an doras le sùilean mòra, muladach.

Nuair a chaidh Coinneach a-mach dhan ghàrradh, bha iad air falbh. Sheas e an sin greis, a' beachdachadh air na bh' air tachairt dha o mhadainn an-diugh – cabhag na maidne, an t-agallamh, na tidsearan suarach, naidheachd Mhata, an litir ghrànda – agus thuirt e ris fhèin gum bu chòir dha an taigh a ghlasadh agus leum air an aiseag. Ach an uair sin bhuail e air nach robh fios aige càit an deigheadh e. Dh'fhairich e fearg ag èirigh na bhroilleach, mar thonn mòr searbh, agus bhreab e ursainn an dorais cho cruaidh 's a b' urrainn dha le chois.

B' ann an uair sin a chuala e am fuaim a-rithist. Bha e a' tighinn a-nuas tron ghleann bho thaobh an uillt – caoineadh cianail, mì-nàdarra a thug air Luran teiche air ais a bhroinn an taighe agus a thug air Coinneach cuimhneachadh air a' ghlaodhaich a chuala e oidhche Haoine. Stad e far an robh e, ag èisteachd.

Dhrùidh e air a-nis gur e seo an dearbh rud a bha

---

ospagan dòlasach *mournful sobs*
mar shluaisreadh nan tonn *like the surge/motion of the waves*
mar fhreiceadain shàrachail *like tiresome sentinels*
dìth cèille *lack of sense*

e a' cluinntinn a-rithist, agus nach b' e rànaich nighinn bhig a bh' ann idir. 'S ann a bha seo na bu choltaiche ri cuideigin a' caoidh – ospagan dòlasach a dh'fhàsadh na bu làidire agus a shìoladh air falbh, mar shluaisreadh nan tonn air a' chladach. Thàinig sgeulachdan gòrach Cailleach an Uillt air ais thuige. Glaistigean – nach b' e sin a bh' aig daoine air na creutairean seo? Bha e fhèin is Calum a' smaoineachadh nach robh annta ach rud a bhiodh aig na cailleachan airson an cumail air falbh bhon uisge, ach cò aig a bha fios? Chuimhnich e mar a bhiodh iad ag ràdh gun robh ceangal aig na creutairean seo ri àite sònraichte, is mar a bhiodh iad a' geàrd an àite sin mar fhreiceadain shàrachail nach fhalbhadh. Agus, gu h-annasach, a' cumail sùil orrasan air an robh dìth cèille, mar fhaireadairean a bhiodh gan dìon bho chunnart. Na b' eagalaiche buileach, a rèir na beul-aithrise, nuair a chluinniste tartaraich na Glaistige, bha dòrainn an dàn do thruaghan bochd air choreigin. A rèir a sheanmhar, bhiodh iad an dà chuid ri miread is ri mulad, a rèir tionndaidhean chuibhle an fhortain. Ach, mar a bu trice, b' e torman mulaid a bhiodh aca. Dh'inns i dha aon turas gun robh feadhainn air Gruagach Ghlas na beinne seo fhèin fhaicinn shuas air a' mhonadh, a' sgaoileadh anart nam marbh ann an solas na gealaich.

Gu h-obann, dh'fhairich Coinneach grìs-fhuachd a' dol troimhe agus rinn e air an doras. Ged nach robh e ach trì uairean feasgar agus an latha mòr geal ann, chuir e car dhen iuchair nuair a thill e a-steach.

---

nuair a chluinniste tartaraich *when the noisiness is heard*
ri miread is ri mulad *up to merriment and misery*
anart nam marbh *the shrouds of the dead*

8

Taigh Mòire

Cha robh an t-seachdain fada a' dol seachad. Ged a bha gu leòr aig Coinneach a chumadh a' dol e, mus robh fios aige air, b' e Dihaoine a bh' ann a-rithist agus cha robh e air mòran a dhèanamh. Cha robh e a' cadal ro mhath, agus e air a bhuaireadh le trom-laighe a bha ga dhùsgadh tron oidhche is ga fhàgail troimh-a-chèile. Aig uaireannan beaga na maidne, chlisgeadh e na dhùisg bho aislingean eagalach anns an robh e ga fhaicinn fhèin shuas aig Glupa an Uillt, gun bhròig, gun stocainn, agus e na sheasamh a' coimhead sìos dhan uisge dhubh, dhorcha; bha e a' lorg rudeigin, uallach a bheatha air, agus gun fhios aige dè a bha e a' sireadh. An uair sin, nochdadh rudeigin iargalta a-mach às a' bhùrn – cumadh grànda, gun aghaidh, a bha a' tighinn ga ionnsaigh gu grad agus a' sgreadail na aodann. Uaireannan, nuair a thionndaidheadh an creutair, b' e aodann Ailiois a bhiodh air. Dhùisgeadh e le ràn, e na fhallas agus a chridhe a' plosgartaich na chom. Cha chaidleadh e tuilleadh gus am biodh na h-eòin a' ceilearadh aig glasadh an latha, agus bha a' mhadainn gu bhith seachad nuair a dhùisgeadh e an dàrna turas. Gach feasgar, sheasadh e anns an doras, ach cha robh càil ri chluinntinn ach fuaimean àbhaisteach a' bhaile. A dh'aindeoin sin, bha droch fhaireachdainn aige nach robh e a' tuigsinn, ach a bha co-cheangailte na inntinn ris a' ghlaodhaich bhrònach a bha e air a chluinntinn a' tighinn a-nuas tron ghleann.

An-diugh, bha e fada gun èirigh a-rithist, agus b' ann sgìth, mì-chàilear a bha e a' faireachdainn nuair a chrom e an staidhre aig aon uair deug. Cha robh e air duine beò fhaicinn fad na seachdaine ach cha robh sin a' dèanamh dragh sam bith dha. Bha e air bruidhinn ri mhàthair às dèidh an agallaimh. Cha robh i ach a' gearan cho fada 's a thug e gun fònadh, agus dh'aithnich e oirre nach robh i air a dòigh ro mhath gun d' fhuair e an obair. Bha i fhathast a' smaoineachadh gum biodh e na b' fheàrr an taigh a reic, tilleadh dhachaigh is cùisean a rèiteach le Ailios. Theab e teacsa a chur thuicese cuideachd, leis a' chleachdadh, ach bha fios aige nach tigeadh càil air ais bhuaipese.

An dèidh dha dà chupa cofaidh a ghabhail, thòisich e air na rudan a bha e a' cur dheth: thug e truiseag mhath air a' chidsin, dh'fhalamhaich e na bagannan aige is phaisg e a chuid-aodaich air falbh. An uair sin, chosg e ùine mhath dhen fheasgar a' dèanamh oifis bheag dhen chlòsaid.

Gach turas a smaoinicheadh e mun sgoil, thòisicheadh a mhionach a' cur nan car. Cha robh e a' tuigsinn ciamar a fhuair Criosaidh Rothach a-mach gun robh e air an obair fhaighinn, no ciamar a chaidh aice air an litir a chur dhan locair mus robh an naidheachd fiù 's air sgaoileadh bho oifis na sgoile. Feumaidh gun robh amharas aice nach biodh Eàirdsidh Mac a' Ghobhainn soirbheachail, no gun do chuir i an litir a-steach dhan locair nuair a chaidh i

---

leis a' chleachdadh *out of habit*

a dh'iarraidh na pacaid thoitean. Bha Coinneach air cur roimhe nach canadh e guth ri duine mu a deidhinn – eadhon ri Mata – agus gum feuchadh e ri faighinn air adhart cho math 's a b' urrainn dha còmhla ri càch. Ma bha e a' dol a dh'fhuireach air an eilean, cha b' e nàimhdean a bha a dhìth air, agus leis an smuain sin ga mhisneachadh, thuirt e ris fhèin gun robh an t-àm aige a dhol a chèilidh air Mòir.

Bha an latha gu math na b' fheàrr na bha i air a bhith fad na seachdaine, agus ged a bha bàrr fuar oirre, bha i grianach, soilleir nuair a chrom e sìos a dh'ionnsaigh taigh a nàbaidh. Cha robh sgòth anns an adhar, no fuaim ri chluinntinn ach uiseag bheag shunndach a' seinn gu h-aighearach àrd os a chionn. Ri fàl an rathaid, bha steallan buidhe sealastair a' cur an loinne fhèin air maise an àite, agus nuair a ràinig e an lùb far an robh rathad a' Chadha a' coinneachadh ri rathad a' Ghlinne, stad e greis, a' coimhead sìos air a' bhaile agus a-mach dhan Chamas Ghorm. A dh'aindeoin 's gun robh e air an sealladh seo fhaicinn mìle turas na bheatha, bha guirmead na mara agus bòidhchead an eilein na adhbhar-iongnaidh às ùr dha, agus b' ann le ceumannan na b' aotruime a chuir e aghaidh air doras Mòire.

Stad e greis eile mus do bheat e gu socair air an t-seann fhiodh. Ged a bha e air a bhith a-mach 's a-steach à taigh Chaluim nuair a bha e beag, gun ghuth air gnogadh, cha bu dùraig dha sin a dhèanamh an-diugh. Bha dùil

---

bha bàrr fuar oirre *idiom: there was a nip in the air*
fàl an rathaid *the verge of the road*
sealastair a' cur an loinne fhèin *irises adding their own elegance*
guirmead na mara *the blueness of the sea*

aige an toiseach nach robh a' chailleach a-staigh, ach mu dheireadh, chuala e ceumannan slaodach a' tighinn ga ionnsaigh. An uair sin, dh'fhosgail an doras le dìosgail ìosal agus nochd aodann preasach Mòire, i a' suathadh a sùilean mar gun robh i dìreach air dùsgadh.

"A Choinnich, a luaidh mo chridhe!" thuirt i agus i a' beir air ghàirdean air gu teann. "Nach tu a rinn math tighinn a chèilidh orm!"

"Tha mi an dòchas nach eil sibh aig ur biadh?" fhreagair Coinneach, faothachadh ga bhualadh is e a' smaoineachadh nach robh càil a dh'fhios aice mar a thachair leis an tè bhig aig toiseach na seachdaine.

"Chan eil, chan eil. Thig a-steach, a ghaoil. Bha mi dìreach a' dol a ghabhail balgam teatha. Trobhad a-mach às an fhuachd."

Lean Coinneach a' chailleach suas tron taigh, a shùilean a' fàs cleachdte ris an trannsa dhorcha, chumhang – ise a' gabhail air a socair agus esan às a dèidh, a' cromadh a chinn gu faiceallach an siud is an seo – gus an do ràinig iad an cidsin, a bha blàth, cofhurtail agus gun atharrachadh on latha mu dheireadh a sheas e ann. Laigh a shùil air an stòbh bheag dhubh agus air an anart gheal a bha crochte os a chionn. Bha seann choire a' glagadaich gu bras air uachdar, steallan uisge a' falbh às agus a' bualadh le ràstal air an iarann theth. Chunnaic e gun robh a' bheinge fhiodha fhathast thall fon uinneig agus smaoinich e air a liuthad uair a shuidh e fhèin is Calum oirre, ag èisteachd

---

a luaidh mo chridhe *idiom: darling of my heart*

ri seann sgeulachdan Mòire. Chuimhnich e air a' ghràin a bh' aige air a dhol dhachaigh – eagal a bheatha air gluasad a-mach às a' bhlàths dhan dorchadas – agus mar a throideadh a mhàthair ris nuair a nochdadh e mu dheireadh, anail na uchd is a chridhe na shlugan.

"Chan eil agamsa ach na seann rudan a bh' agam riamh," thuirt Mòr, nuair a chunnaic i e a' coimhead air an t-seann àirneis. "Fhuair do sheanmhair cidsin ùr, stoidhleis, ach cha d' fhiach dhòmhsa càil mar sin fhaighinn tuilleadh."

Nuair a rinn i gàire, thuig Coinneach nach robh i ach a' tarraing a choise, agus smaoinich e a-rithist cho comasach 's a bha i dha h-aois, a dh'aindeoin cho crotach, mall 's a bha i a' coimhead. Mhothaich e dhan ghleans a bha às an ùrlar is dhan fhàileadh mhath a bha a' tighinn às an àmhainn, agus dh'fhairich e nàire nach robh e fhèin cho èasgaidh ris a' chaillich seo, a bha a' dèanamh a' chùis glè mhath leatha fhèin ged a bha i a' sreap ris a' cheud.

"Tha an taigh agaibh dìreach taghta, a Mhòr," thuirt Coinneach mu dheireadh, agus e a' sìneadh thuice màileid phàipeir. Bha e taingeil gun robh e air cuimhneachadh cho pailt-làmhach 's a bha an t-seann ghinealach, nach smaoinicheadh air a dhol a chèilidh gun tiodhlac air choreigin aca nan cois.

"Ach ò, dè a th' agad an sin, eudail? Cha leigeadh tu a leas càil a thoirt thugamsa!"

"Tha eagal orm nach eil ann ach cèic a cheannaich mi

---

a chridhe na shlugan *his heart in his mouth*
nan cois *idiom: with them*

anns a' bhùthaidh," fhreagair Coinneach. "Agus nach eil a leth cho math ris na sgonaichean eireachdail agaib' fhèin."

Rinn Mòr gàire eile agus dh'aithnich Coinneach gun robh i air a dòigh.

"Suidh thusa an sin anns an t-sèithear chofhurtail," thuirt i ris gu coibhneil, ga phutadh a dh'ionnsaigh an teine agus a' cur steall às a' choire dhan phoit-teatha. "Gabhaidh sinn balgam; tha i air a bhith a' tarraing car fada agus 's mathaid gu bheil i ro làidir. 'S dòcha gum b' fheàrr leat cofaidh? Tha crogan agam am badeigin – "

"Bidh teatha dìreach glan," thuirt Coinneach gu cabhagach. "Tapadh leibh; gun bhainne no siùcar – agus is toigh leamsa teatha làidir."

Fhad 's a bha a' chailleach trang mun bhòrd, sheall Coinneach timcheall an t-seòmair, a' gabhail beachd air cho grinn, sgiobalta 's a bha a h-uile càil, agus e taingeil gun robh e air Luran fhàgail aig an taigh. Mhothaich e nach robh sgeul air inneal-nigheadaireachd, no air acfhainn sam bith eile a dhèanadh obair-taighe na b' fhasa. Laigh a shùil air làmhan crabhsgach Mòire, a bha trang a' cur ìm air aran-coirce, mus do thill iad a-rithist chun an aodaich a bha crochte os cionn an stòibh.

"Gabh sin a-nis, agus tu cho caol ri clobha," thuirt i ris, a' tighinn a-nall thuige le muga mòr teatha agus i a' cur truinnsear na uchd. "Tha e nas fhasa dhòmhsa suidhe an seo aig ceann a' bhùird; ach siuthad thusa a-nis, gus am faigh mi do naidheachdan."

---

cho caol ri clobha *idiom: as thin as a poker*

Bha an teatha glè mhath agus cha b' fhada gus an robh Coinneach agus a' chailleach a' còmhradh a-null 's a-nall mar dà sheann charaid nach robh riamh air dealachadh. Dh'inns e dhi nach robh e air Calum fhaicinn on turas mu dheireadh a bha e air an eilean. Rinn e naidheachd air mar a bhiodh iad a' fònadh gu chèile an toiseach, ach mar a sguir sin nuair a dh'fhàs iad na bu shine. Dh'inns Mòr dhàsan cho tàmailteach 's a bha i nuair a dh'fhalbh Calum, agus mar a bha e a-nis a' fuireach leis fhèin anns a' bhaile-mhòr. Cha robh e air a bhith a-staigh o chionn dà bhliadhna, thuirt i, agus cha robh i cinnteach cuin a bha e am beachd tighinn dhachaigh.

"Ach tha an tè bheag agam," thuirt i, a' gabhail balgam eile teatha. "Agus Flòraidh." Mhothaich Coinneach dhen chrith a bha na làimh nuair a leig i às an cupa air a' bhòrd, agus cha deach an tiamhaidheachd a bha na sùilean donna seachad air a bharrachd.

"Agus nach e adhbhar-toileachais a tha sin dhuibh," fhreagair Coinneach gu sunndach, ged nach b' ann mar sin a bha e a' faireachdainn, agus e a' smaoineachadh air a liuthad àmhghar a bh' air a bhith aig a' chaillich bhochd na beatha, nach do thoill i.

"'S e gun teagamh, a luaidh. Cha bhithinn às an aonais a-nis ged a gheibhinn an saoghal. Ach tha Flòraidh thruagh air a sàrachadh leis an tè bhig. Tha i cho àraid agus chan e a h-uile rud a chòrdas rithe: falt fada, feusagan, cus dhaoine, cus fuaim, feòil… Air m' onair,

---

a liuthad àmhghar *the many troubles*

cha chreideadh tu e. Gabh sin, a Choinnich, agus gheibh thu tuilleadh teatha."

Smaoinich Coinneach air a' bhoireannach chaol leis na speuclairean a bha a' coimhead cho sgìth, agus air an nighinn bhig annasaich nach bruidhneadh. Bha i àraid ceart gu leòr, ach bha coltas glic, tuigseach oirre cuideachd. Chuimhnich e mar a bha i a' leantainn na stòiridh a dh'inns Mòr, feasgar Disathairne, le lasadh na sùilean beaga soilleir agus i a' gàireachdainn is a' gabhail uabhas aig na h-amannan freagarrach san sgeulachd. Diluain, nuair a sgioblaich e na pàipearan air an robh i a' sgròblaich, mhothaich e le iongnadh gun sgrìobhadh i a h-ainm.

"'S dòcha gum bi i nas fheàrr nuair a dh'fhàsas i suas," thuirt e mu dheireadh, agus gun fhios aige dè eile a chanadh e. "Tha feadhainn ann a tha a' roghnachadh a bhith balbh, a Mhòr – cò aig a tha fios mar a bhios i fhathast. Cuiridh mi geall gun fheàirrde i a dhol dhan sgoil."

Bha a' chailleach a' coimhead air an ùrlar agus cha robh Coinneach cinnteach an robh i ag èisteachd ris, no an cuala i guth a thuirt e. Ach, mu dheireadh, bhruidhinn i air a socair.

"Trobhad – chuala mi gun robh i shuas agad Diluain."

Dh'fhairich Coinneach deàrrsadh a' tighinn na aodann agus thug e greis mus do fhreagair e. "Bha dùil agam nach robh a màthair – Flòraidh? – air guth a chantainn ribh. Tha mi duilich, a Mhòr, ach chaidh i às a rian nuair a chunnaic i mi. Cha do bhuin mi dhi…"

"Tha fios a'm, a Choinnich. 'S math is aithne do dh'Ella Bheag againne a dhol às a rian nuair a thogras i fhèin. Ach b' e mo choire-sa a bh' ann – thuit mi na mo chadal agus cha robh for agam gun deach i suas an leathad…"

Dh'fhuirich Coinneach na thost, e a' leigeil leis a' chaillich bruidhinn agus e a' faicinn gun robh i airson innse dha mar a thachair, mar gun robh i a' sireadh mathanas.

"Cha robh Flòraidh air a dòigh ro mhath nuair a nochd i agus gun sgeul oirre. Ach cha robh càil a ghnothach aice a dhol dhan taigh agad agus troimh-a-chèile a dhèanamh mar siud. Cha robh. Agus thuirt mise sin rithe. Ach mura bithinn-sa air a bhith cho mì-chùramach – "

"Och, a Mhòr! Chan eil e gu diofar," thuirt Coinneach gu cabhagach agus e a' faicinn an dragh a bh' ann an sùilean na cailliche. "Cha robh an tè bheag ach na suidhe an siud, a' sgròblaich air seann phìosan pàipeir. Nis, na cluinneam an còrr mu dheidhinn! Agus tha an t-aran-coirce seo dìreach sgoinneil."

"Seadh, ma-thà, inns dhomh," thuirt a' chailleach ann an guth na b' aotruime agus i toilichte a' chùis fhàgail aig a sin. "Chuala mi gu bheil thu a' tòiseachadh anns an sgoil. Meal do naidheachd – agus nach bu tu am peasan nach do leig ort guth rium mu dheidhinn!"

Bha Coinneach a' faireachdainn car ciontach nach robh e air innse dhi mun agallamh an dèidh a cuid coibhneis, agus thug e greis a' beachdachadh air freagairt. "Tha mi duilich, ach cha robh mi cinnteach an deidhinn chun an agallaimh, no ciamar a dheigheadh cùisean…"

Bha Mòr ga choimhead a-nis gu dùrachdach agus tuar eadar-dhealaichte air a h-aodann. Shaoil Coinneach gum faca e am fàth a bu lugha de thruas na sùilean, agus dhòirt i steall eile teatha dhan chupa aige mus do bhruidhinn i. "Agus an robh iad laghach riut, shìos an sin aig an sgoil?" thuirt i air a socair. "Chuala mi gur e seat gu math annasach a th' annta. Tha mi an dòchas gun do chuir iad fàilte chridheil ort, agus gur ann às an seo fhèin a dh'fhalbh do chuideachd."

Stad Coinneach airson tiotan, ach smaoinich e an uair sin gun robh cho math dha an fhìrinn innse. "Uill, bha feadhainn ann nach robh a' coimhead ro thoilichte," thuirt e, "ach bha Fiona NicMhathain ceart gu leòr, agus fear air an robh Mata."

"Mata Mac an Tòisich. Tha e càirdeach dhut air taobh do sheanar – an do dh'inns e sin dhut? Cuiridh mi geall nach eil càil a dh'fhios aige. Agus dè mu dheidhinn na gobaige grànda ud, Criosaidh Rothach? Am faca tu ise?"

Thòisich Coinneach a' gàireachdainn. "Chunnaic. Ach cha chreid mi gu bheil i air a dòigh ro mhath gur e mise a fhuair an obair. Bha i airson 's gum faigheadh mac a peathar i."

"Tud! Coma leat dhi – tha fios aig a h-uile duine dè seòrsa tè a th' innte sin. Agus tha iad ag ràdh riumsa nach eil spùt aig a' bhalach sin! Siuthad thusa – bidh cùisean ceart gu leòr."

Dh'fhairich Coinneach eallach a' falbh dheth, mar chleòca a' tuiteam far a ghuailnean gu tostach chun an ùrlair. Bha fios aige mura lorgadh e an còrr charaidean air an eilean, nach leigeadh e a leas coimhead na b' fhaide na seo fhèin. Shuidh iad greis eile a' còmhradh, gus an do chuimhnich Coinneach air Luran, agus a thuirt e ri Mòir gum feumadh e aghaidh a chur air an taigh.

"Och, carson nach tug thu a-nuas leat e?" dh'fhaighnich i. "Dh'fhaodadh tu a bhith air grèim bìdh a ghabhail còmhla rium fhèin agus cèilidh cheart a dhèanamh. Luran! Sin a-nis deagh ainm airson cù."

"B' e mo mhàthair a thuirt rium sin a thoirt air," fhreagair Coinneach le gàire. "Chan fhaca tu creutair cho luath ris nuair a bha e na chuilean."

"Feuch riut!" thuirt Mòr, agus i ga leantainn a-mach chun an dorais, an dèidh dhi màileid a lìonadh dha le aran-coirce. "An tè nach fhuilingeadh guth a chluinntinn mu shìthichean no dad eile. Cò a chreideadh e!"

Sheas Coinneach agus Mòr greis aig a' gheata, a' coimhead sìos air a' bhaile agus a-mach a dh'ionnsaigh a' Chamais Ghuirm. Bha e air a dhòigh gun robh e air tighinn a chèilidh air a sheann nàbaidh, agus bha e a' faireachdainn gu math na bu thoilichte na bha e air a bhith o chionn ùine mhòir.

"Mura còrd an obair rium, chan eil e gu diofar – tha mi air beagan airgid a chur mu seach, agus nì mi obair sam bith, ma dh'fheumas mi, a-rithist."

"Siuthad thusa, a ghaoil," thuirt a' chailleach ris gu

Feuch riut! *idiom: Imagine!*

coibhneil. "Na smaoinich air a sin an-dràsta. Tachraidh na thachras, mar a thuirt bodach glic uaireigin."

Cha robh na briathran a-mach às a beul nuair a chuala iad fuaim a bhris sàmhchair an fheasgair agus a thug air an dithis aca tionndadh a dh'ionnsaigh an rathaid-mhòir. Dh'fhairich Coinneach a chuid toileachais a' traoghadh air falbh nuair a chunnaic e dè a bh' ann. Bha càr mòr dearg a' tionndadh aig mullach an leathaid, Criosaidh Rothach aig a' chuibhill, tè dhen fheadhainn òga a chunnaic e san sgoil ri taobh anns an toiseach, agus Fiona NicMhathain anns an deireadh. Na b' iongantaiche buileach, bha Mata na shuidhe anns a' chùl cuideachd, e a' gàireachdainn agus a làmh aige air gualainn Criosaidh.

Lean sùilean Choinnich an càr sìos rathad a' Ghlinne gus an deach e às an t-sealladh air nuair a lùb e suas rathad an taighe-sheinnse. Thug Mòr sùil thruasail air Coinneach agus chrath i a ceann. Bha esan a' feitheamh gus an canadh i rudeigin, ach cha tuirt i aon diog.

Le ceumannan troma, chuir Coinneach aghaidh air an taigh. Bha an latha fhathast grianach, bha a' mhuir cho deàlrach 's a bha i air a bhith anns a' mhadainn, agus bha an sealastair buidhe fhathast a' crathadh gu socair anns a' ghaoith. Ach cha robh sgeul air an uiseig anns an adhar mhòr ghorm agus bha Coinneach e fhèin na thost, a shunnd air falbh cho obann ri driùchd samhraidh ann am blàths na grèine.

'S gann gun robh e air iuchair an dorais a chur dhan ghlais nuair a thòisich an glaodhaich gràineil a-rithist.

9

Anns a' Mhonadh

"Tha mi duilich!"

Cha robh Coinneach cinnteach cò às a thàinig an guth agus ghabh e iongnadh nach do rinn Luran comhart. Bha iad shuas aig a' Chreig Sheunta feasgar na Sàbaid agus iad a' gabhail cuairt anns a' mhonadh. Ged a bha smugraich uisge ann agus a bha i ceòthach, bha e airson faighinn a-mach às an taigh airson greiseag. An toiseach, shaoil e gur e fuaim na gaoithe a bha e air a chluinntinn, gus an do mhothaich e do chuideigin ann an seacaid mhòr uaine na sheasamh air a' bhruthach, àrd os a chionn. Chaog e a shùilean agus chuir e a làmh suas ri a mhala, feuch an dèanadh e a-mach cò a bh' ann.

"Gabhaibh mo leisgeul?"

Bha an neach a-nis a' cromadh a-nuas thuige gu cabhagach, iad a' strì ris an talamh chorrach agus an fhraoch fhada a bha a' dèanamh an slighe na bu duilghe. Cha robh Coinneach a' tuigsinn carson a bha Luran a' crathadh earbaill, gus an do nochd an sìthiche beag leis a' churrac bhuidhe aig bàrr an leathaid cuideachd. Rinn e osna agus smaoinich e airson mionaid gum biodh e math teiche air ais sìos cliathaich na beinne.

"Tha mi duilich," thuirt Flòraidh a-rithist nuair a ràinig i e, agus i a' sìneadh a làimhe ga ionnsaigh. Bha a

---

Chaog e a shùilean *He squinted*

h-anail na h-uchd agus thug i greis mus do lean i oirre a' bruidhinn. "Cha bu chòir dhomh a bhith air trod riut mar siud an latha roimhe... ach bha dùil a'm gun robh Ella air a dhol dhan abhainn."

Mhothaich Coinneach dhan chrith a bha na guth agus dhan iomagain a bha na sùilean. Fad na seachdaine, bha e air a bhith a' smaoineachadh air dè a chanadh e rithe nam faiceadh e i a-rithist, ach a-nis cha tigeadh smid às a bheul. Nuair a rug e air làimh oirre, cha b' urrainn dha gun a bhith a' cuimhneachadh air an fheirg a bh' oirre an turas mu dheireadh a choinnich iad. Ach a-nis bha i a' coimhead cho beag is cho truagh, na seasamh an siud ga dhùr-amharc, an t-seacaid a bh' oirre fada ro mhòr dhi agus i na lòn, bog fliuch. Mu dheireadh, cha tuirt e ach: "Na gabh dragh... Flòraidh, nach e? Trobhad dhan fhasgadh."

Chunnaic e am faothachadh a thàinig na sùilean mus do chuir i a druim ris a' chloich. Thug i nèapraige às a pòcaid agus thiormaich i a speuclairean leis mus do shèid i a sròn. "Cha robh sgeul agam oirre – bha dùil a'm gun robh i còmhla ri a seanmhair, ach nuair a chaidh mi suas chun an taighe, bha an doras fosgailte agus bha a' chailleach na cadal anns a' chidsin. Thug mi ùineachan a' siubhal a' chnuic, ach cha b' urrainn dhomh a lorg agus bha mi a' smaoineachadh gun robh i air a dhol suas chun a' ghlupa..."

Bha na faclan a' sruthadh às a beul mar leum-uisge na dheann. Chuimhnich Coinneach air briathran Mòire, agus

---

leum-uisge na dheann *a gushing waterfall*

bha e fhèin a-nis a' faicinn an dragh a bh' air Flòraidh, agus an àmhghar a bh' aice a' sealltainn às dèidh na tè bige.

"Chan eil rian nach do ghabh thu eagal," thuirt e air a shocair.

"Dh'inns am post dhomh gum faca e i a' dol a-steach air a' gheata agadsa..."

"Bha i a-staigh romham nuair a thàinig mi dhachaigh," fhreagair Coinneach. "Ach chan eil e gu diofar – nach math nach do thachair càil dhi."

Bha an tè bheag thall far an robh Luran agus, an-dràsta 's a-rithist, bheireadh i sùil gun fhiosta air Coinneach. Ged nach robh feusag air an-diugh, cha robh i fhathast cinnteach dè seòrsa fear a bh' ann. Bha e air a bhith laghach gu leòr a' chiad turas a chunnaic i e, ach bha e air a bhith gu math greannach Diluain. Feumaidh gun do chuir an rud a bha siud anns an sgoil far a dhòghach e, smaoinich i, agus i a' toirt sùil sheòlta eile air. Cha robh e a' coimhead a leth cho cas an-diugh, thuirt i rithe fhèin, agus i a' toirt Piullag a-mach às a pòcaid. B' fheàrr leatha gun isteadh Mamaidh – ag ràdh rudan mar siud ris, mar gum b' e gloidhc a bh' innte nach b' urrainn a dhol cuairt gun a dhol air chall. Chuir i a corragan na cluasan agus chaidh i na crùban air an talamh fhliuch ri taobh na cloiche. Cha robh dragh aice mun uisge. 'S ann a bha fionnarachd an fheòir a' còrdadh rithe an dèidh dhi a bhith na ruith.

"Agus ciamar a tha Ella an-diugh?" thuirt Coinneach, e

---

fionnarachd an fheòir *the coolness of the grass*

a' feuchainn ri a ghuth a chumail cho aotrom 's cho rèidh 's a b' urrainn dha. "Agus… Piullag?"

"Ò, tha iad gu math, tapadh leibh, nach eil, Ella?" thuirt Flòraidh. "Agus feumaidh gur e seo Luran – bha Granaidh ag innse dhomh mu dheidhinn. Abair cù snog!"

Thog Luran a chluasan nuair a chuala e ainm agus rinn e comhart, mar gun robh e ga tuigsinn. Thòisich Ella a' gàireachdainn, na sgiathan beaga fliucha aice a' crathadh air a druim. Chuir e iongnadh air Coinneach nach robh i a' saoilsinn càil dhen fhuachd, ged a bha i drùidhte chun na seiche.

"Èirich às a sin Ella, mus faigh thu galar do bhàis," thuirt Flòraidh agus i air mothachadh gun robh Coinneach a' coimhead na tè bige. "Siuthad a-nis – gabh comhairle. Bha sinn a' cèilidh air Granaidh anns a' mhadainn, nach robh Ella? Agus fhuair sinn sgonaichean."

"Chuala mi gu bheil Piullag gu math dèidheil air ùbhlan cuideachd," thuirt Coinneach. "Lorg mi a dhà anns a' chidsin agus greimeannan beaga, bìodach air an toirt asta. Feumaidh gun robh an t-acras oirre an dèidh dhi sreap a-steach air an uinneig."

"Ò, mo nàire," thuirt Flòraidh agus a h-aodann a' fàs dearg, gus am faca i sùilean Choinnich agus a thuig i nach robh e ach a' spòrs.

Bha Ella a-nis air èirigh na seasamh agus i a' gabhail ealla ri briathran Choinnich. Ciamar a bha e a' smaoin-

---

drùidhte chun na seiche *soaked to the skin*
galar do bhàis *idiom: the illness of your death*
a' gabhail ealla *paying attention*

eachadh gur e Piullag a dh'ith na h-ùbhlan, agus i na cadal air an t-sòfa a-staigh? Thòisich i a' godail gu feargach ris an doileig, ag ràdh rithe fhèin gun iarradh i mathanas oirre a-rithist, agus an-dràsta 's a-rithist a' coimhead air Coinneach fon t-sùil. Cha b' urrainn dha gun ghàire a dhèanamh agus mhothaich e gun robh Flòraidh a' coimhead na bu shaorsainneile a-nis cuideachd.

"Cha robh càil a dhùil agam gum biodh i cho fliuch seo an-diugh," thuirt Coinneach, agus e a' crathadh an uisge far a sheacaid.

"Tha sìde nan eilean cho caochlaideach," fhreagair Flòraidh. "Ged a tha i mar seo an-dràsta, 's mathaid gum bi i na rag gèile a-màireach – no gum bi a' ghrian a' spealgadh nan creag."

"Aidh, bha mi air sin a dhìochuimhneachadh," thuirt Coinneach. "Ach bha mi airson faighinn a-mach dhan èadhar. Chan eil mi a' cadal ro mhath."

Mhothaich Flòraidh gun robh e a' coimhead sgìth agus gun robh coltas caran glas air. "Tha sin annasach. 'S àbhaist do dhaoine a thig chun an eilein deagh chadal fhaighinn."

Cha tuirt Coinneach guth, ged a bha fios aige gur e an fhìrinn a bh' aice.

"Tha sinne air a bhith a' lorg shìthichean," thuirt Flòraidh mu dheireadh agus gun fhios aice dè eile a chanadh i. "Fad an fheasgair."

"Ò seadh," fhreagair Coinneach. "Agus am faca sibh gin?"

---

a' godail gu feargach *chattering angrily*

a' ghrian a' spealgadh nan creag *idiom: the sun splitting the rocks*

"Feumaidh gu bheil iad fhathast nan cadal," thuirt Flòraidh. "No gu bheil i ro fhliuch dhaibh an-diugh."

"Bha dùil agamsa gur e Dihaoine an latha a b' fheàrr airson sìthichean fhaicinn," thuirt Coinneach. "Dè do bheachd, Ella? Sin a bhiodh mo Ghranaidh-sa ag innse dhomh co-dhiù, nuair a bha mi beag."

"'S mathaid gu bheil thu ceart," thuirt Flòraidh. "Chan aithne dhòmhsa mòran mu na rudan sin, feumaidh mi aideachadh."

Shaoil Coinneach gun do ghnog Ella a ceann ris, ach cha b' urrainn dha a bhith cinnteach. "Nam biodh iad am bad sam bith, chanainn gur ann an seo fhèin a bhiodh iad – aig a' Chreig Sheunta," thuirt e, agus e a' feuchainn ri a h-aire a chumail. "An do choimhead sibh an seo?"

"Fad uair a thìde!" fhreagair Flòraidh. "Chan eil turas dhan bheinn math gu leòr do dh'Ella mura tig sinn an seo an toiseach. Tha thu fhèin eòlach air a' chreig cuideachd, a rèir coltais?"

"Bhithinn fhèin is Cal – bhithinn-sa a' tighinn an seo gu math tric nuair a bha mi beag," fhreagair Coinneach. "Bhiodh mo sheanmhair a' dèanamh naidheachdan dhomh mu deidhinn."

Ma mhothaich Flòraidh gun do theab e iomradh a thoirt air an duine aice, cha robh e follaiseach, agus chùm i oirre a' bruidhinn. "Tha e furasta a thuigsinn carson a bha na seann daoine a' smaoineachadh gun robh an t-àite seo seunta."

"Tha mi a' creidsinn gur ann air sàillibh 's gu bheil am feur cho gorm an seo, agus gur e fraoch a th' air a' chòrr dhen bheinn," thuirt Coinneach. "Ach 's e rudeigin a th' anns an talamh a bhios ga adhbharachadh."

"Bha na seann daoine a' creidsinn ann an tòrr de rudan gòrach," thuirt Flòraidh.

Chuir Coinneach a làmh air a' chloich mhòir a bh' air a bhith na seasamh air cliathaich na beinne fad linntean. Nach iomadh rud a chunnaic i na latha, smaoinich e, agus nach iomadh creutair a sheas greiseag na tacsa – na mìltean, math dh'fhaodte. A' leigeil an analach, a' coimhead an t-seallaidh, a' coinneachadh is a' dealachadh, a' gabhail fasgadh no a' falach, agus iad uile a' dèanamh an slighe tron t-saoghal. "Chan eil thu fhèin a' creidsinn anns na rudan sin idir, ma-thà?" thuirt e mu dheireadh.

"Sìthichean?"

"An t-seann bheul-aithris: sìthichean is bòcain, manaidhean – rudan mar sin."

"Tha mi air gu leòr a chluinntinn aig Mòir, innsidh mi sin dhut!" fhreagair Flòraidh le gàire. "Bòcan Cheann a' Bhàigh – no 's dòcha gur e solas a bh' ann, chan eil mi buileach cinnteach. Bhiodh a h-uile duine a' faicinn nan rudan sin aig aon àm, tha teans – ma chreideas tu na cailleachan. Sìthichean is bòcain, taibhsean is cailleachan grànda…"

Bha Luran is Ella trang a' cleasachd, ach a-nis stad an tè bheag gu grad. Chaidh i a-null gu oir na lèanaig agus

---

am feur cho gorm *the grass is as green*
a' leigeil an analach *idiom: taking a breather/rest*

thòisich i ag èigheach, air a socair an toiseach, ach an uair sin na bu làidire. Dh'fhairich Coinneach crith a' dol troimhe nuair a stad i gu h-obann agus a thionndaidh i ga ionnsaigh, a' cuimseachadh le a corraig air agus coltas an uabhais na sùilean. Airson mionaid, cha b' urrainn dha gluasad no fuaim a dhèanamh, e cho reòthte, balbh ris a' chloich fhèin. Bha e a' miannachadh èigheach, a ràdh rithe a beul a dhùnadh agus sgur dhen bhurralaich ghràineil a bha siud. Rinn Luran dranndan, mar gun robh e a' faireachdainn mì-chofhurtachd a mhaighstir, agus b' e guth Flòraidh a thug Coinneach air ais gu a mhothachadh. Nuair a thug e sùil, dh'aithnich e gun robh i air rudeigin a ràdh ris agus i a' feitheamh ri freagairt.

"Gabh mo leisgeul; tha mi duilich?"

"Bha Mòr ag innse dhomh gun d' fhuair thu obair," thuirt Flòraidh. "Anns an sgoil. Meal do naidheachd."

"Tapadh leat," fhreagair Coinneach ann an guth fann. "Tha mi a' tòiseachadh a-màireach."

"Tha Ella a' dol dhan sgoil as t-samhradh, ach 's ann san sgoil mhòir a bhios tusa, tha mi a' creidsinn?"

"'S ann. Co-dhiù, 's fheàrr dhomh a dhol dhachaigh. Tha tuilleadh 's a chòir agam ri dhèanamh ro mhadainn."

Bha fadachd air Coinneach faighinn air falbh bhon àite uaigneach seo agus bho ghlaodhaich iargalta na tè bige, a bha a' dùsgadh nan rudan oillteil na inntinn a bha ga shàrachadh agus a' cumail a chadail bhuaithe fad na seachdaine.

àite uaigneach *a solitary place*

"Uill, bha e math coinneachadh ribh," thuirt Flòraidh, agus i a' gabhail iongnadh dhen atharrachadh obann a bh' air tighinn air nàbaidh Granaidh ann am beagan mhionaidean. Saoil an tuirt i guth ris a chuir far a dhòghach e? Cha robh i a' smaoineachadh gun tuirt. Thàinig e a-steach oirre an uair sin gun robh an tè bheag a' dèanamh cus fuaim. "Ella, sguir dhen sin agus trobhad is can tìoraidh ri Coinneach."

Ach bha Coinneach air falbh, e a' dèanamh às na dheann sìos cliathaich na beinne, Luran na ruith às a dhèidh agus e a' tuigsinn gun robh rudeigin a' buaireadh a mhaighstir. Bha an t-uisge air stad ach bha i fhathast sgleòthach, mì-chàilear agus cha robh fuaim ri chluinntinn anns a' mhonadh ach plubadaich shocair an uillt. Smaoinich e air Ella Bheag. Gach turas a choinnicheadh iad, thachradh rudeigin a bha ga chur troimh-a-chèile agus ga fhàgail mì-shaorsainneil. Na inntinn, chunnaic e na sùilean soilleir uaine ud, a bha a' dol troimhe chun an smir, mar gun robh iad a' falach fàisneachd dhìomhair air choreigin aig an robh buntanas ris fhèin agus nach gabhadh seachnadh.

Fhad 's a bha e a' cromadh, shaoil leis gun robh sàmhchair na beinne a' fàs na bu dhùmhaile, ga chuartachadh mar chreutair beò a bha a' feitheamh air a shocair airson tighinn air gun fhiosta. Chrath e a cheann, ag ràdh ris fhèin gun a bhith cho gòrach. Smaoinich e gun robh cus air inntinn agus gum feumadh e a bhith na bu

---

fàisneachd dhìomhair *mysterious prophecy*

chiallaiche. Bha am feur sleamhainn às dèidh na rinn i de dh'uisge agus thuit e turas no dhà mus d' fhuair e sìos gu talamh còmhnard. Gach turas a shlaighdeadh e, chluinneadh e fead curracaige a' briseadh na sàmhchaire os a chionn, am fuaim àraid ud a bha mar fhìdeig chleasaiche, a' magadh air agus ga phiobrachadh. Dh'èigh e ri Luran agus, a' feuchainn ris na smuaintean amaideach a chur às a cheann, luathaich e a cheum a dh'ionnsaigh an taighe.

---

fead curracaige *the whistle of a lapwing*

10
A' Chiad Latha san Sgoil

"Sir, Sir, thuirt Mgr Moireasdan nach leiginn-sa a leas obair-dachaigh a dhèanamh a-nochd, seach gun do bhàsaich an cat agam."

"Glè mhath Ealasaid," fhreagair Coinneach. "Ach feumaidh tu smaoineachadh air leisgeul nas fheàrr na sin, ma tha thu a' sùileachadh gun creid mise thu!"

"Sir, Sir, dè an t-ainm a th' air a' chù agaibh?"

"Sir, a bheil sibh a' dol chun a' chonsairt aig Miss Rothach? Thuirt Anna gum faca i giotàr anns a' chàr agaibh."

Bha Coinneach is Clas 2B a' feitheamh clag na dinnearach, cabhag orrasan faighinn dhan t-seòmar-bhìdh is fadachd airsan aghaidh a chur air an taigh agus e air a shàrachadh len cuid cheistean. Ged a bha e air a dhòigh gun robh a' chlann modhail gu leòr agus an ìre mhath èasgaidh – agus nach robh càil fa-near dhaibh na bu mhiosa na fealla-dhà gun chron – bha e a' lùigeachdainn faighinn air falbh bhuapa airson greis. Cha robh a' mhadainn air a bhith ro dhona, agus bha e air na sgoilearan a bu shine fhaicinn an toiseach, ach bha e air dìochuimhneachadh cho luasganach 's a dh'fhaodadh an dàrna bliadhna a bhith. Bha e taingeil gun robh e air a bhith trang fad na maidne, agus gun tug sin dha deagh

---

fealla-dhà gun chron *harmless fun*

leisgeul seòmar an luchd-teagaisg a sheachnadh. Cha robh miann sam bith aige coinneachadh ris na tidsearan a chunnaic e latha an agallaimh, ged nach b' urrainn dha muinntir na h-oifise a sheachnadh, no Fiona, a bha roimhe a' chiad char sa mhadainn le deagh dhùrachdan agus iuchair airson a' phreasa-shaidheans. Thill i aig aon uair deug agus i a' dol suas a ghabhail cupa cofaidh, ach rinn Coinneach leisgeul gun robh aige ris a' fòn a chleachdadh, seach gun robh an siognail cho truagh shuas aig an taigh. Bha e air Mata fhaicinn anns a' mhadainn nuair a bha e air a rathad dhan sgoil, ach bha e pìos bhuaithe shìos aig a' chidhe, abhag bheag gheal aige air taod agus coltas air gur e seo fear de na làithean nach biodh e ag obair.

"Sir, am faod sinn falbh?"

Bha Coinneach cho domhainn na smuaintean agus nach cuala e an clag gus an do bhruidhinn an nighean bheag a bh' anns an t-sreath thoisich.

"Huh? Ò, faodaidh," fhreagair e gu cabhagach, agus e a' sgioblachadh nam pàipearan a bha air a bheulaibh air an deasg. "Chì mi Diciadain sibh. Agus cuimhnichibh an obair-dachaigh a dhèanamh – thusa cuideachd a-nis, Ealasaid!"

Thòisich an clas a' gàireachdainn, agus b' ann ri sreath de sgoilearan toilichte a choinnich Fiona air a rathad a-steach dhan rùm aig Coinneach. Bha an coltas a bha na sùilean a' leigeil fhaicinn dha gun robh ise air a dòigh cuideachd. "Tha cùisean a' dol gu math dhut?"

"Cha robh a' mhadainn buileach dona," fhreagair Coinneach. "Ach cha chan mi nach eil mi air mo dhòigh gu bheil i seachad."

"Och, tha iad laghach gu leòr," thuirt Fiona, "agus tha a' chuid as motha dhiubh dìcheallach. Ach tha e an-còmhnaidh math a' chiad latha fhaighinn seachad, nach eil? Bha mi dìreach a' dol a dh'fhaighneachd dhut an robh thu airson tighinn suas a ghabhail grèim bìdh – 's e *lasagne* a th' ann an-diugh agus tha e an-còmhnaidh glè mhath."

"Bha mi am beachd a dhol dhachaigh agus an cù a leigeil a-mach," fhreagair Coinneach agus e a' cur air a sheacaid. "Ach tapadh leat."

Gach turas a chitheadh e Fiona, cha b' urrainn dha gun a bhith a' smaoineachadh air an rud a chunnaic e Dihaoine ann an gàrradh Mòire. Cha robh e a' tuigsinn carson a bha e a' dèanamh uimhir de dhragh dha, ach bha e fhathast a' gabhail iongnadh carson a bhiodh i fhèin is Mata a' dol dhan taigh-sheinnse còmhla ri Criosaidh Rothach agus an tè òg ud – Sailidh no Iseabail no Mairead, cha robh cuimhne aige cò dhiubh aca a bh' ann.

"Ach uill, uair eile," thuirt Fiona gu bàidheil agus i a' tionndadh a dh'ionnsaigh an dorais. "Coisichidh mi suas còmhla riut."

"'S dòcha gum fuirich mi latha eile," fhreagair Coinneach agus e a' togail iuchraichean a' chàir far an deasg. "Ach 's fheàrr dhomh a dhol dhachaigh an-dràsta, seach gu bheil an Club Saidheans againn às dèidh na sgoile."

"Ò, theab mi dìochuimhneachadh! Chan eil an Club Saidheans air a-nochd; tha tòrr dhiubh ann an còisir na sgoile agus tha aca ri ullachadh airson oidhche Haoine – an consairt."

Dh'fheuch Coinneach ris an toileachas a chumail far aodainn ach nuair a rinn Fiona gàire, thuig e gun robh i a' tuigsinn mar a bha e a' faireachdainn. "Tha an t-sìde ro mhath airson a bhith a-staigh an seo co-dhiù," thuirt i. "A bheil thu fhèin am beachd tighinn chun na sgoile oidhche Haoine?"

"Chan eil mi cinnteach fhathast…"

"'S e deagh chothrom a bhios ann coinneachadh ri daoine – pàrantan is feadhainn eile anns a' choimhearsnachd. Bidh a h-uile duine airson an tidsear ùr fhaicinn! Chanainn gum bi e glè mhath."

B' e coinneachadh ri daoine an rud mu dheireadh a bha Coinneach airson a dhèanamh an-ceartuair, ach cha b' urrainn dha sin aideachadh. Mu dheireadh cha tuirt e ach: "Chì mi. Tha tòrr agam ri dhèanamh aig an taigh…"

"Feuch nach eil thu a' dèanamh cus," thuirt Fiona. "Tha uallach gu leòr an lùib obair ùr, gun luaidh air a bhith a' gluasad gu coimhearsnachd ùr agus taigh ùr cuideachd – feumaidh tu beagan foise a ghabhail aig an deireadh-sheachdain, a Choinnich."

"Och, chan eil mi a' dèanamh cus idir. Chosg mi

a' mhòr-chuid dhen deireadh-sheachdain a' leughadh agus a' cluiche a' ghiotàir."

Thug Fiona sùil neònach air agus stad i tiotan mus do lean i oirre. "'S bochd nach b' urrainn dhut a bhith air tighinn còmhla rinn oidhche Haoine, ma-thà. Bha an fharpais-cheist math dha-rìribh."

"Gabh mo leisgeul?"

"An fharpais-cheist – oidhche Haoine anns an taigh-sheinnse."

Bha Fiona a-nis ga choimhead agus coltas ceasnachail air a h-aodann. "Bha sinn cho tàmailteach nuair a thuirt Criosaidh rinn nach b' urrainn dhut tighinn còmhla rinn – gun robh thu ro thrang."

Air ball, thuig Coinneach na bh' air tachairt. Stad e mionaid, a' taghadh a chuid fhaclan mus do fhreagair e. "Uill, chaidh mi sìos a chèilidh air Mòir – mo nàbaidh. Gheall mi dhi gun tadhailinn oirre. Bha i fhèin 's mo sheanmhair cho càirdeil..."

"Och uill, bha deagh oidhche againn. Feumaidh tu tighinn còmhla rinn uaireigin eile. Tha farpais-cheist ann mu uair sa mhìos agus bidh sgioba na sgoile daonnan a' strì an aghaidh sgioba an ospadail. Rinn sinn a' chùis oirre an turas sa, ge-tà – ged nach biodh sinn air buannachadh gu bràth às aonais Mhata. 'S fìor thoigh leis deagh fharpais!"

Smaoinich Coinneach air a' bhodach laghach, agus ged a bhuail faothachadh e nuair a thuig e dè a bh' air tachairt, bha e follaiseach cuideachd gun robh gràin a beatha aig

Criosaidh Rothach air – agus gun dèanadh i rud sam bith airson a bheatha a dhèanamh doirbh.

"Siuthad ma-thà," arsa Fiona agus i a' toirt sùil air a h-uaireadair nuair a ràinig iad doras-aghaidh na sgoile. "'S fheàrr dhuinn cabhag a dhèanamh. Chì mi feasgar thu."

Cha robh Coinneach air dà cheum a ghabhail a dh'ionnsaigh a' chàir aige nuair a chuala e fuaim sàilean biorach a' tighinn gu cabhagach air a chùlaibh. Nuair a thionndaidh e, bha Criosaidh Rothach a' tighinn a-nall far an robh e, pacaid thoitean aice na làimh agus coltas oirre nach robh i idir air a dòigh.

"Cha leig thu a leas a bhith a' smaoineachadh gum faigh thu air adhart an seo," thuirt i ris ann an guth ìosal, fuar, agus i a' toirt sùil chabhagach mun cuairt oirre, feuch an robh duine san èisteachd. Bha gach facal nimheil a' tighinn a-mach às a beul mar smugaid, agus bha a sùilean gorma a' lasadh le fuath. Chlisg Coinneach nuair a bhuail i a dòrn air a' chàr aige, ach thuirt e ris fhèin gum b' fheàrr dha fuireach sàmhach.

"Bha a h-uile duine air an eilean an dòchas gur e Eàirdsidh againne a gheibheadh an obair – ged nach dùraig iad sin a ràdh riutsa," lean i oirre agus a guth a' fàs na b' àirde. "Ach canaidh mise riut e: tha e dìreach sgriosail gura tusa a thagh iad!"

Leum i dhan chàr aice agus las i siogarait, a' sèideadh smùid mhòr ceotha a-mach tron uinneig na aodann, mus

---

a' lasadh le fuath *blazing with hatred*

do thòisich i an t-einnsean. Bha Coinneach a' cluinntinn a chridhe a' bualadh na chluasan, mar gun robh mìle òrd a' slacadaich na bhroilleach, agus ged a bha e a' miann-achadh èigheach rithe i a dh'fhalbh agus gun an còrr dragh a chur air, dh'fhan e na thost.

"Fuirich thusa!" thuirt i ris san dealachadh. "Chì sinn dè cho fad 's a mhaireas tu!"

Leis a sin, thionndaidh an càr dearg agus dh'fhalbh e le sgreuch a-mach às a' phàirc chàraichean. Bha Coinneach air fhàgail leis fhèin a' coimhead às a dhèidh, aodann cho geal ri cailc agus inntinn a' cur nan car. 'S gann gun robh e air suidhe anns a' chàr aige fhèin nuair a chuala e gnogadh, agus nuair a thionndaidh e, bha bana-phoileas na seasamh ga choimhead agus i a' dèanamh soidhne ris an uinneag fhosgladh.

"Gabh mo leisgeul," thuirt i. "An tusa Coinneach MacDhòmhnaill?"

"'S mi," fhreagair Coinneach agus e mothachail dhen chrith a bha na ghuth. B' e a' chiad rud a thàinig thuige gun robh i air Criosaidh fhaicinn a' trod ris, ach an uair sin ghluais a smuaintean le uabhas gu ruige a theaghlaich ann an Sasainn. "'S mise Coinneach MacDhòmhnaill – carson a tha sibh a' faighneachd?"

"Tha eagal orm gu bheil sinn air brath fhaighinn mun chù agad. Gearan. A rèir coltais, tha e air a bhith a' ruith chaorach shìos air a' mhachaire."

Airson mionaid, bhuail faothachadh Coinneach, ach

---

mìle òrd a' slacadaich *a thousand hammers thudding*
cho geal ri cailc *as white as chalk*

an uair sin smaoinich e gur i Criosaidh Rothach a bh' air cùlaibh seo cuideachd, agus nach stadadh i aig rud sam bith airson trioblaidean is troimh-a-chèile adhbharachadh dha.

"Nis, tha fios a'm nach eil thu ach air ùr-thighinn dhan eilean," chuala e a' bhana-phoileas ag ràdh, "ach feumaidh mi innse dhut nach eil e ceadaichte do choin a bhith mu sgaoil far a bheil sprèidh no stoc, agus gun tèid càin air neach sam bith nach toir feart air a sin."

Na inntinn, chunnaic Coinneach an ceann dualach bàn agus na sùilean seòlta, slìogach. Smaoinich e air an fhiacail òir a' lasadh air cùlaibh nam bilean breugach dearga, agus thug seo air cuimhneachadh air bilean breugach dearga eile. Dh'fhairich e caothach a' spreadhadh na chom is thàinig a làmh sìos air a' chuibhill-stiùiridh le brag, mus do dh'èigh e: "Fuirich mionaid! Chan eil agad an sin ach tòrr bhreug!"

Chlisg a' bhana-phoileas agus leum i air ais bhon chàr. Airson tiotan, chunnaic Coinneach an t-eagal a dh'èirich na sùilean, mus do thionndaidh e gu grad ri rud a bha na bu choltaiche ri fuath.

"Cha leig thu a leas a bhith a' togail do ghuth riumsa!" thuirt i ris agus i a' toirt rèidio beag a-mach às a pòcaid-bhroillich. "Feumaidh mi rabhadh a thoirt dhut, agus 's e gnothach mì-fhortanach a bhios ann dhut mura h-èist thu ri mo chomhairle. A-nis, canaidh mi a-rithist e – tha e an aghaidh an lagha do choin a bhith mu sgaoil far a

---

a' spreadhadh na chom *bursting in his chest*

bheil beathaichean, gu seachd àraid mun àm seo dhen bhliadhna."

Dh'fheuch Coinneach ri e fhèin a chiùineachadh. Bha e mothachail gun robh iad taobh a-muigh na sgoile, far am faodadh duine sam bith cluinntinn, agus nach coimheadadh seo ro mhath air a' chiad latha aige anns an obair ùir. "Tha mi a' smaoineachadh gu bheil sibh air mearachd a dhèanamh," thuirt e mu dheireadh ann an guth na bu shocaire.

"Ò, chan eil mise air mearachd sam bith a dhèanamh, a Mhgr MhicDhòmhnaill," fhreagair i. "Chan eil seo ach rabhadh dhut – ach thèid càin ort ma thachras e a-rithist agus gun tèid do ghlacadh."

"Cha robh an cù agamsa a' ruith chaorach air machaire sam bith," thuirt Coinneach ann an guth claoidhte, sgìth. "Chan eil sinn air a bhith air an tràigh fhathast, agus 's e an fhìrinn a tha sin. Bha mi shìos aig a' chidhe leis a' chù an t-seachdain sa chaidh, agus bhon uair sin, chan eil sinn air a bhith ach shuas anns a' Ghleann agus mun Chadha Ghlas."

Cha do leig a' bhana-phoileas oirre gun cuala i e. Chuir i an rèidio air ais na pòcaid mus tug i sùil shuarach eile air anns an dealachadh. "Tha eagal orm nach ann sa bhaile-mhòr a tha thu tuilleadh, a Mhgr MhicDhòmhnaill," thuirt i. "Chan urrainn dhut rud sam bith a thogras tu a dhèanamh an seo, a dh'aindeoin na tha thu fhèin a' smaoineachadh."

Rinn Coinneach osna, agus e ga coimhead a' dol às an t-sealladh air timcheall oisean na sgoile. Airson tiotan, bha e a' smaoineachadh gum faca e faileas a' gluasad air falbh bho uinneag na h-oifise. Ged nach robh e air càil ithe o mhadainn, bha an t-acras air falbh dheth, agus b' ann le cridhe trom a chur e aghaidh air an taigh is air Luran.

11

Bu Luath Luran

"Bha siud ann roimhe gille beag air an robh Luran. Bha e a' fuireach shuas air cliathaich Beinn Chianabhail còmhla ri a sheanmhair," thuirt Mòr, agus i a' cur a dreach fhèin air an t-seann sgeulachd. "Trobhad a-nis, Ella, ach an inns mi dhut mu Luran agus na sìthichean."

"Co-dhiù," lean Mòr oirre, nuair a bha an tè bheag air sreap na h-uchd. "An latha a bha seo, nach robh e shuas aig a' Chreig Sheunta, nuair a chuala e an ceòl a bu mhìlse a chuala e riamh na bheatha. Nuair a thug e sùil, nach robh a' chreag air fosgladh, agus dè a chunnaic e na broinn ach sìthichean beaga sunndach is iad trang a' dannsa!"

Bha sùilean Ella mòr le iongnadh agus i air a beò-ghlacadh leis an stòiridh. Phut i gàirdean Mòire airson 's gun cumadh i ga h-innse, i coltach ri cuilean beag a' gur gach facal a thigeadh à beul na cailliche.

"Bha fios aig Luran gun cumadh rudeigin iarainn doras na sìth-bhruighne gun dùnadh, agus chuimhnich e air an tarraig a bh' aige na phòcaid. Stob e dhan talamh i agus a-steach gun do ghabh e a bhroinn na creige! Thòisich e a' dannsa is a' ruidhleadh còmhla ris na sìthichean agus abair thusa gun robh an gnothach a' còrdadh ris. Mun cuairt is mun cuairt gun deach e, agus e cho sgiobalta air a bhonnan 's a bha iad fhèin."

Bha siud ann roimhe *Once upon a time*
a dreach fhèin *her own portrayal*
a' gur gach facal *begging for each word*
doras na sìth-bhruighne *the door of the fairy mound*
cho sgiobalta air a bhonnan *as light on his feet*

Rinn Ella gàire agus thòisich i a' bualadh a basan ri chèile. Leum i sìos chun an ùrlair agus thòisich i a' dannsa, i a' dèanamh dealbh na h-inntinn air Luran agus na cleasaichean aighearach a bha cuide ris.

"Ach chaidh an ùine seachad," lean Mòr oirre, nuair a bha an tè bheag air socrachadh a-rithist, "agus chunnaic Luran gun robh na sìthichean beaga a' fàs sgìth is a' tuiteam nan cadal. Nis, thug e an aire gun robh cupannan brèagha airgid aca – agus thuirt e ris fhèin gun toireadh e leis fear dhiubh dhachaigh gu Granaidh.

"Thog Luran thuige an cupa airgid a bu shnoige a bh' ann, agus theich e a-mach às a' bhruigh shìthichean leis. Nuair a dhùisg na sìthichean, agus a chunnaic iad nach robh sgeul air Luran no air a' chupa, dh'fhalbh iad nan deann às a dhèidh. Uill, bha Luran cho luath ris a' ghaoith agus cha b' urrainn dhaibh grèim fhaighinn air. Bha iad dìreach gus toirt thairis, nuair a dh'èigh sìthiche beag mosach às a dhèidh: *'Ò, bu luath Luran le cruas arain, ach nam b' e lite bu bhiadh do Luran, cha bheireadh na fèidh air!'*

"Cha robh an sìthiche beag ach a' toirt a' char à Luran – oir cha bhiodh Luran a leth cho luath agus a bhrù làn lite. Ach cha do thuig Luran sin, agus thòisich e ag ithe brochan a h-uile latha, an àite aran-coirce blasta a sheanmhar.

"Agus, sin mar a rinn na sìthichean an gnothach air Luran bochd. Bha e air fàs cho trom 's cho reamhar, agus aon latha nuair a bha e shuas anns a' bheinn, nach do rug

---

le cruas arain *because of the hardness of his bread*
a' toirt a' char à Luran *tricking Luran*

iad air! Mhaoidh iad air gum feumadh e an cupa airgid a thilleadh thuca, agus gheall iad nach tachradh càil dha nan dèanadh e sin – ach ò mo thruaighe airsan mura dèanadh!

"Ruith Luran dhachaigh cho luath 's a rinn e car riamh, agus aon uair 's gun do chuir e an cupa air ais air a' chnoc ri taobh na creige, chan fhaca e na sìthichean tuilleadh."

Bha Ella Bheag a' coimhead air a seanmhair gu dùrachd-ach. Mean air mhean, bha plana a' drùdhadh oirre, agus rinn i gàire nuair a smaoinich i air cho gleusta 's a bha e. Bha i seachd searbh a' feitheamh gus an lorgadh i na sìthichean, agus thuirt i rithe fhèin gum feumadh i a bhith na bu luaithe agus na bu choltaiche ri Luran – mus do dh'ith e am brochan.

"An do chòrd sgeulachd Lurain riut, eudail? Siud an tè a dh'inns mo sheanmhair fhèin dhòmhsa nuair a bha mi beag, agus innsidh tusa i fhathast, nuair a dh'fhàsas tu fhèin mòr."

Bha bròn ann an sùilean na cailliche nuair a dh'abair i na faclan, ach bha dòchas aice na cridhe gun tigeadh iad gu buil, latha brèagha air choreigin. Chuir i a bilean ri mullach ceann beag dubh na tè bige agus phòg i a falt. Rinn i osna. Bha an grèim-lòin air a bhith ga buaireadh na bu mhiosa o chionn seachdainean a-nis, agus smaoinich i air cho fìor 's a bha an seanfhacal a thuirt nach tigeadh an aois leatha fhèin. Cha robh abhsadh a' tighinn air a' chràdh a bha na cruachan agus bha pian guineach air a bhith na broilleach o mhadainn an-diugh.

"Siuthad a-nis, Ella, a ghaoil," thuirt i air a socair.

---

cho luath 's a rinn e car riamh *idiom: as fast as he ever did a thing*
gun tigeadh iad gu buil *that they would come to fruition*

"Thalla 's thoir thugad pìos pàipeir agus dèan dealbh Lurain is nan sìthichean beaga do Ghranaidh. Tha suiteis ann an drathair a' bhùird – ach na leig ort guth ri Mamaidh, no gheibh mise mo mhì-shealbh agus do bhiadh romhad nuair a thèid thu dhachaigh."

Cha robh i ach air na faclan a ràdh nuair a chuala i an doras-cùil agus a thuig i gun robh Flòraidh air tighinn a dh'iarraidh na tè bige. Bha i an dòchas nach fhuiricheadh i ro fhada agus i a' miannachadh a dhol na sìneadh, ach nuair a dh'fhosgail doras a' chidsin agus a chunnaic i an coltas a bh' air an tèile, chaidh an smuain às a ceann.

"A Mhòr! Fuirich gus an cluinn sibh seo!" Bha Flòraidh air an doras fhàgail fosgailte leis a' chais a bh' oirre, agus bha deàrrsadh na sùilean nuair a shlaod i thuice sèithear.

"Ach ò, gu sealladh orm, dè idir a tha ceàrr ort?" thuirt a' chailleach. "Gabh air do shocair, a nighean!"

Thug Flòraidh sùil chabhagach air an tè bhig mus do lean i oirre ann an guth na b' ìsle. "A bheil fios agaibh dè a chuala mise an-dràsta, anns a' bhùthaidh? Bha na poilis a' ceasnachadh do nàbaidh an-dè – shìos aig an sgoil. Tha iad ag ràdh gur ann a' teiche bho rudeigin a rinn e ann an Sasainn a tha ga fhàgail an seo. Smaoinich!"

"Cò thuirt sin riut?" dh'fhaighnich a' chailleach, agus an coltas a bh' air a gnùis ag atharrachadh gu grad. "Chan eil mi a' creidsinn facal dheth!"

"Bha mi a' bruidhinn ri Nanag a' Ghobha anns a' bhùthaidh. Bha fios aicese air a h-uile càil mu dheidhinn! Chuala ise gu bheil e ri drogaichean cuideachd."

"Tud!" arsa Mòr. "Chan fhaca tu riamh creutair cho ròlaisteach ri Nanaig. Chan eil i a' togail leatha càil ceart nas motha. An do dh'inns i dhut càit an cuala i sin?"

"Bha i a' bruidhinn ri Sailidh NicCoinnich agus ri Criosaidh Rothach feasgar an-dè anns a' chafaidh. Thuirt iad rithe gum faca muinntir na h-oifise a h-uile càil!"

"Muinntir na h-oifise?"

"Oifis na sgoile – thuirt i gun tuirt Criosaidh gun robh na poilis a' bruidhinn ri Coinneach aig àm dinnearach, taobh a-muigh na sgoile, agus gun deach e glan às a rian!"

"Agus ma bha iadsan am broinn na sgoile, dè an fhios a th' aca cò mu dheidhinn a bha iad a' bruidhinn?" dh'fhaighnich Mòr. "Chan eil ann an Criosaidh Rothach ach droch isean, agus nach eil Sailidh bheag ghrod sin a' falbh le Eàirdsidh Mac a' Ghobhainn? Am fear nach d' fhuair an obair a fhuair Coinneach!"

"Uill, tha sin ceart," dh'aidich Flòraidh. "Ach thuirt Nanag gun robh e ag èigheach agus a' trod nuair a chaidh a ghlacadh. Bha dà phoileas ann agus cha mhòr nach do dh'fhalbh iad leis, sìos chun an stèisein."

"Agus carson nach do dh'fhalbh, ma-thà, ma bha e cho dona sin?" dh'fhaighnich Mòr. "Ma chuala Nanag stòiridh, faodaidh tu a bhith cinnteach gun cuir i earball oirre mus bi i deiseil leatha! Bha Coinneach an seo feasgar Dihaoine agus chan eil càil a choltas air gum biodh e ri eucoir sam

---

droch isean *idiom: a bad egg*

bith – no ri drogaichean. Balach dòigheil, sàmhach a th' ann."

"Chan eil mi cho cinnteach, a Mhòr – cuimhnichibh cho cas 's a bha e ri Ella nuair a chaidh i a-steach dhan taigh aige. Chuala mi e a' trod rithe."

"Bha adhbhar aige a bhith a' trod, agus i air sreap a-steach air an uinneig aige!" fhreagair Mòr agus i a' toirt sùil gheur air Flòraidh.

"Uill, bha mise a' bruidhinn ris feasgar na Sàbaid, shuas anns a' bheinn," fhreagair Flòraidh gu busach. "Bha e ceart gu leòr an toiseach, ach nam faiceadh sibh cho neònach 's a dh'fhàs e, a Mhòr. Rinn e leisgeulan agus dh'fhalbh e na chabhaig, sìos dhachaigh. Shaoil mise gun robh siud gu math aineolach."

"Tud! Cha shaoilinn fhèin càil dhen sin, a Fhlòraidh. Nach robh an dìle bhàthte ann Didòmhnaich? Chan eil na daoine Gallta sin cleachdte ris an droch shìde – nach tuirt thu fhèin sin an latha roimhe – agus tha mi a' creidsinn gu bheil fichead bliadhna on a bha esan an seo mu dheireadh."

"Chan aithne dhomh. Bha coltas caran glas air cuideachd. Agus tha e gu math robach; tha fàinne na chluais agus tha fhalt ro fhada!"

"A thìochdaisean, a Fhlòraidh," thuirt a' chailleach. "Chan eil sin a' ciallachadh gur e eucorach a th' ann."

"Cò aig a tha fios," fhreagair Flòraidh le osna. Dh'fheumadh i aideachadh gun robh stòiridh Nanaig caran doirbh a creidsinn, agus gun robh barrachd gliocais ann am briathran na cailliche. "'S mathaid gu bheil sibh ceart, a Mhòr. Agus 's iongantach mura cluinn sinn barrachd ma thèid sinn chun a' chonsairt an-ath-oidhch'."

"Chan aithne dhomh fhathast an tèid mise an sin," fhreagair Mòr. "Tha mi a' faighinn tàire eagalach le mo chnàmhan, agus chan eil fhios a'm an tèid agam a bhith nam shuidhe air sèithear cruaidh fad uairean a thìde."

Thug Flòraidh sùil thruasail air a' chaillich. Cha b' ann tric a dh'aidicheadh Mòr gun robh càil ceàrr oirre, ach bha Flòraidh air mothachadh gun robh i air fàs gu math mall o chionn ghoirid. Nach robh i ceithir fichead bliadhna is a dhà-dheug? Cha robh fios aice ciamar a dhèanadh i fhèin is Ella a' chùis às aonais Granaidh, agus dh'fheuch i ris an smuain uabhasaich sin a chur às a ceann. An uair sin, thionndaidh i a dh'ionnsaigh na tè bige, a bha thall a' rùileach ann an drathair a' bhùird.

"Tha mi an dòchas gun robh thusa modhail an-diugh, Ella. A bheil thu a' dèanamh dealbh do Ghranaidh? Hoigh! Dè a th' agad an sin?"

Las sùilean na tè bige le aoibhneas agus rinn i sgread, mus do chuir i pàipearan nan suiteas fon tubhailte. Bha i air a bhith ag èisteachd ris a h-uile facal fhad 's a bha Mamaidh is Granaidh a' bruidhinn, agus bha am plana aice a' fàs na bu làidire is a' tighinn gu buil na ceann.

12
An Litir

Bha Coinneach na shuidhe ann am fear de shèithrichean purpaidh a sheanmhar, Luran aig a chasan agus taghadh de leabhraichean sgaoilte air a' bhòrd air a bheulaibh. Bha deireadh na seachdaine a' teannadh dlùth a-rithist agus ged nach robh e air an còrr a chluinntinn bho na poilis, bha Mata air innse dha mu na fathannan mì-chiatach a bha a' dol mun cuairt na coimhearsnachd mu dheidhinn. Bha e air oillteachadh nuair a chuala e na bha daoine ag ràdh, agus bha e air a dhol far an robh Ailig Moireasdan anns a' bhad. Ged nach tuirt e mòran, thuig Coinneach bho ghnùis an duine ghlic sin nach leigeadh a leas eagal sam bith a bhith air, agus gun robh deagh fhios aige cò às a thàinig na cagairean gràineil. Lean e air cho math 's a b' urrainn dha anns an sgoil, a' seachnadh seòmar an luchd-teagaisg agus e ga chumail fhèin trang ag ullachadh leasanan nuair nach robh clasaichean aige.

Cha robh e air Luran bochd a thoirt cuairt chun na tràghad fhathast, agus e ag ràdh ris fhèin gum b' fheàrr dhaibh fuireach mun Chadha Ghlas gus an dìochuimhnicheadh daoine mu ròlaistean Criosaidh Rothaich. Thàinig e a-steach air uair no dhà gur ise a bh' air cùlaibh a' chaoinidh a bha e air a chluinntinn, ach an uair sin, chanadh e ris fhèin gun robh i fada ro leòmach

---

air oillteachadh *horrified*

airson a bhith a' siubhal na mòintich agus a' burralaich mar siud – agus nach robh e air am fuaim a chluinntinn eadhon mus robh e air an obair fhaighinn anns an sgoil?

Cha robh e fhathast cinnteach am fuiricheadh e air an eilean. Bha e ag ionndrainn Shasainn, agus ged nach bu toigh leis a bhith ga aideachadh, bha e ag ionndrainn Ailiois cuideachd. Gach turas a thilleadh e chun an taighe is a bha e leis fhèin, cha b' urrainn dha gun a bhith a' smaoineachadh air an argamaid dheireannaich, agus bha e air a bhuaireadh le aithreachas is le ceistean. Chanadh e ris fhèin gum feumadh e sgur a smaoineachadh oirre, ach thigeadh i gu h-obann na inntinn, mar ghath goirt dèididh a thòisicheadh gun rabhadh agus a bha ga fhàgail brùite, sàraichte. Bha na droch aislingean fhathast ga lèireadh, agus a' toirt air glainne mhòr uisge-bheatha a ghabhail gach oidhche mus deigheadh e dhan leabaidh, ged a bha fios aige nach b' e siud an fhreagairt a bha e a' sireadh.

Thionndaidh aire Choinnich air ais chun a' bhùird. Bha e air dìochuimhneachadh an fharsaingeachd leabhraichean a bh' aig a sheanmhair – nobhailean, sgeulachdan goirid, bàrdachd, beul-aithris, eachdraidh, nàdar, eucoir is eile – agus an ùidh a bh' aice ann an iomadh cuspair is gnè-sgrìobhaidh. Laigh a shùil air leabhar bàrdachd a bhiodh e a' cnuasachd còmhla rithe nuair a bha e beag. Thàinig fiamh-ghàire gu aodann nuair a chuimhnich e mar a bhiodh i a' toirt air na rannan a bha na bhroinn ionnsachadh gus an robh iad aige air a theangaidh.

---

air a bhuaireadh le aithreachas *plagued with regret*
mar ghath goirt dèididh *like a painful pang of toothache*
ga lèireadh *tormenting him*
gus an robh iad aige air a theangaidh *idiom: until he knew them off by heart*

Mhothaich e an uair sin gun robh rudeigin cruaidh paisgte eadar duilleagan an leabhair, agus nuair a thug e sùil, chunnaic e gur e cèis-litreach a bh' ann, air an robh làmh-sgrìobhadh a mhàthar. Theann a mhailghean ri chèile nuair a smaoinich e air cho ainneamh 's a bhiodh ise a' sgrìobhadh gu duine, agus cho neònach 's a bha e gun cuireadh i litir chun na cailliche. Shuidh e greis, a' tionndadh na cèise na làimh. Ged a bha e a' faireachdainn car ciontach a' leughadh rud nach buineadh dha, thuirt e ris fhèin nach dèanadh e mòran croin, agus, air a shocair, shlaod e an litir a-mach às a' chèis.

A mhàthair,

Gabhaibh mo leisgeul gun tug mi cho fada a' sgrìobhadh seo. Tuigidh sibh gum b' fheàrr leam litir a chur thugaibh seach fònadh, oir chan eil mi airson argamaid eile a thòiseachadh, no bruidhinn air na rudan grànda ud tuilleadh. Chan eil mi a' cadal ro mhath on a thill sinn às an eilean. Chan urrainn dhomh am fuaim gràineil ud fhaighinn às mo cheann, agus tha an t-eagal orm cadal air sàillibh nan droch aislingean. Bha mise mi fhèin a' smaoineachadh nach robh anns na seann sgeulachdan ach amaideas, gus an cuala mi an glaodhaich agus a thòisich na bruadaran. Tha fios agam gun tuirt sibh nach robh annta ach rudan a bhiodh aig na seann daoine airson oidhcheannan fada geamhraidh a chur seachad. Uill, tha mise cinnteach às an rud a chuala mi – agus tha fios agam nach eil càil ceàrr air m' inntinn. Tha mi deimhinne gur e droch chomharra a th' ann, aig a bheil ceangal air choreigin ri Coinneach. Cha mheantairig mi tilleadh dhachaigh mus tachair càil dha. Tha Murchadh a' dol a ghabhail na h-obrach, agus tha sinn a' falbh a Shasainn an-ath-mhìos. Chan eil fhios agam cuin a thilleas mi – no eadhon an tèid agam air tilleadh a-chaoidh. Chan eil mi airson am fuaim ud a chluinntinn rim mhaireann. Tha mi an dòchas gu bheil sibh a' tuigsinn sin.

Le gaol,
Magaidh xx

Bha crith ann an làmhan Choinnich nuair a thionndaidh e am pìos pàipeir, ach cha robh càil sgrìobhte air an taobh eile. Cha robh ceann-latha aig bàrr na duilleige a bharrachd, ach cha robh teagamh nach b' i a mhàthair a sgrìobh an litir. Dhrùidh e air gun robh an rud a bh' air tachairt dha fhèin air a bhith ga buaireadh-se cuideachd. Dh'fheuch e ri cuimhneachadh air an àm a ghluais iad a Shasainn, ach bha uimhir de dh'ùine air a dhol seachad. Cha robh esan ach òg, agus bha e air a bhith cho trang le a bheatha ùr anns an dùthaich ùir. Cha robh beachd sam bith aige air a mhàthair a bhith troimh-a-chèile, ach bha i glè mhath air rudan a chumail am falach nuair a thogradh i fhèin. Bhuail ciont e nuair a chuimhnich e cho cas 's a bhiodh e a' fàs rithe, nuair a bhiodh i a' feuchainn ri a bheatha a stiùireadh agus comhairle a thoirt dha. Thuig e a-nis nach robh i ach a' gabhail a chùraim agus a' feuchainn ri a chumail sàbhailte. Agus thuig e cuideachd carson a

---

Cha mheantairig mi *I dare not*
rim mhaireann *for as long as I live*

sguir iad a thighinn chun an eilein nuair a ghluais iad a Shasainn, agus carson a bha i cho fada an aghaidh dha tilleadh an-dràsta, ged a bha còrr is fichead bliadhna air a dhol seachad. Smaoinich e an uair sin air a sheanmhair, a bhiodh daonnan ag innse nan seann sgeulachdan. A-nis, a rèir briathran na litreach, cha robh i a' creidsinn facal dhiubh! Laigh a shùil air na leabhraichean a-rithist agus smaoinich e air cho ciallach, lèirsinneach 's a bha a' chailleach. 'S mathaid nach robh anns an t-seanchas ach dibhearsain dhi – gòraiche airson gillean beaga a chumail air an dòigh. Ach 's mathaid cuideachd gun robh i a' feuchainn ri a mhàthair a dhìon bho na rudan a bha a' cur an eagail oirre. Cha robh fios aig Coinneach dè a chreideadh e tuilleadh. Chuir e an litir na phòcaid agus smaoinich e gun robh an t-àm aige bruidhinn ri Mòir a-rithist.

* * *

"Cha chuala mi guth riamh aig do sheanmhair mun seo, a Choinnich," thuirt Mòr air a socair agus i a' sìneadh na litreach air ais thuige. "Ach b' e boireannach glic a bh' innte agus tha mi cinnteach gun tug i deagh chomhairle dha do mhàthair. Ach, mar a thuirt mi, chan aithne dhòmhsa càil mu dheidhinn."

"Chan eil e a' dèanamh ciall sam bith," thuirt Coinneach agus e a' cur na litreach air ais na phòcaid.

"Cò air a bheil i a' bruidhinn, a Mhòr? Tha mi a' gabhail iongnadh nach eil fios agaibhse."

"Feumaidh nach robh do mhàthair gu math," fhreagair Mòr agus i a' coimhead sìos chun an ùrlair. "Tha sin gu math follaiseach."

Cha tuirt Coinneach guth, e a' feitheamh gus an cumadh a' chailleach oirre a' bruidhinn. Bha i air fàilte chridheil a chur air nuair a nochd e anns an doras, agus air teatha a thabhann dha, ach dh'aithnich e bhon dreach a bh' air a h-aodann nach robh i idir anns an àbhaist, agus gun robh na ceistean aige ga fàgail mì-chofhurtail. Cha do leig e air càil mun rud a bha e fhèin air a chluinntinn a' tighinn a-nuas bho chliathaich na beinne – no mu na h-aislingean – is dragh mì-reusanta ga chumail sàmhach air eagal 's gun tigeadh na droch rudan gu buil tro bhith a' bruidhinn mun deidhinn.

"Coma leatsa mun seo," lean Mòr oirre gu dùrachdach. "Mar a thuirt do sheanmhair, chan eil anns na seann sgeulachdan ach cur-seachadan geamhraidh. Dibhearsain a bh' aig daoine mus tàinig an telebhisean. Bha dùil a'm gur e fear-saidheans a bh' annad, a Choinnich! A-nis, na cluinneam an còrr mu dheidhinn."

"Ach chan urrainn dhomh a chreidsinn gum biodh mo mhàthair cho troimh-a-chèile seo gun deagh adhbhar," fhreagair Coinneach agus gun e idir riaraichte le mìneachadh na cailliche. "Agus bha dùil agam gun robh sibhse is Granaidh cho saobh-chràbhach – "

---

nach robh i idir anns an àbhaist *that she wasn't her usual self*

"Feumaidh tu a thuigsinn gun robh an ginealach againne air ar cuartachadh le beul-aithris a' fàs suas," thuirt Mòr mus do chuir e crìoch air na bh' aige ri ràdh. "Cuid dhith a' dol air ais gu àm na Fèinne. Cha robh an còrr againn. Bu toigh le do sheanmhair a bhith ag èisteachd ris na sgeulachdan – agus gan innse cuideachd – ach cha robh i a' creidsinn annta idir, a Choinnich. Bhiodh i ag ràdh riumsa nach robh annta ach aineolas, agus gur e leabhraichean a shaor i fhèin – a dh'fhuasgail a h-inntinn, mar gum biodh. Tha fios agad cho geur 's a bha i air leughadh, a Choinnich."

"Ach dè mu dheidhinn an rud a chuala mo mhàthair, ma-thà?" fhreagair Coinneach.

Stad Mòr agus thug i greis mus do fhreagair i. "'S iomadh rud a bheir d' inntinn a chreidsinn ort, a Choinnich, ma leigeas tu leatha. Nach iomadh gliong is glag a chuala duine tron oidhche a chuir eagal a bheatha air?"

Mhothaich Coinneach nach robh i idir a' coimhead air nuair a bha i a' bruidhinn ris, agus gun robh an còmhradh ga dèanamh caran cas. Bha e follaiseach cuideachd gun robh i a' cleith rudeigin air, agus nach robh i am beachd an còrr innse dha.

"Mar as sine a tha mise a' fàs, a Choinnich, saoilidh mi gun robh do sheanmhair ceart," thuirt i an uair sin. "Tha còrr is fichead bliadhna bhon a chaidh an litir seo a sgrìobhadh – agus nach eil sinn uile slàn, sàbhailte fhathast?"

---

cho geur 's a bha i *how keen she was*

Thug Mòr sùil chabhagach air Coinneach mus do choimhead i air an ùrlar a-rithist, ach chunnaic Coinneach rud na sùilean a bha ag innse dha nach robh i idir ag innse na fìrinne dha.

13

An Consairt

Nuair a ràinig Flòraidh is Ella talla na sgoile, bha a' choisir-chiùil dìreach air sgur a sheinn agus bha a' chiad phàirt dhen chonsairt a' tighinn gu crìch. Cha robh suidheachain air fhàgail ach anns an t-sreath-chùil ri taobh an dorais, ach bha Flòraidh taingeil is fios aice gum biodh e na b' fhasa dhi èirigh às a seo nan tigeadh oirre falbh a-mach leis an tè bhig. Nuair a thadhail iad aig Mòir, bha a' chailleach na sìneadh air a' bheinge, a cruachan a' cur dragh oirre a-rithist agus botal-teth aice na h-uchd. Ged a thabhainn Flòraidh gum fuiricheadh iad còmhla rithe, chan fhuilingeadh a' chailleach guth a chluinntinn air a leithid, agus an dèidh dhi pacaid shuiteas a chath chun na tè bige, mhaoidh i orra cabhag a dhèanamh mus cailleadh iad an consairt.

Thug Flòraidh sùil mun cuairt, feuch an robh sgeul air Coinneach. Ged nach robh i airson aideachadh, bha nàbaidh Granaidh air a bhith a' tighinn a-steach oirre gu tric fad na seachdaine, a h-aire air a ghlacadh leis na fathannan a bha i air a chluinntinn mu dheidhinn agus i airson fhaicinn a-rithist. Bha an t-àite làn dhaoine agus bha feadhainn dhiubh a-nis air èirigh às na suidheachain aca is iad a' gluasad mun cuairt an talla, a' còmhradh ri caraidean no a' feitheamh aig bòrd na teatha airson balgam.

---

mhaoidh i orra *she reproached them*

Bha feadhainn eile air a dhol a-mach dhan ghrèin airson greiseag mus tòisicheadh an dàrna leth dhen chuirm.

"Nach math gun tàinig sibh! Ciamar a tha Ella Bheag is Mamaidh a-nochd?"

Nuair a thionndaidh Flòraidh, bha Criosaidh Rothach na seasamh an sin, dreasa fhada fhlùranach oirre agus a falt air a chàrnadh gu cùramach air mullach a cinn. Bha Sailidh NicCoinnich ri a taobh, e follaiseach gun robh i a' feuchainn ri bhith cho spaideil ri a banacharaid, ach nach robh i buileach cho soirbheachail.

"Is fìor thoigh leam an dreasa agad," thuirt Criosaidh gu sunndach ris an tè bhig. "Abair stoidhle!"

Thug Ella sùil leamh oirre agus chuir i a corragan na cluasan. Bha i air am boireannach seo fhaicinn fichead uair shìos aig a' phàirc-chluiche, agus bhiodh i an-còmhnaidh a' trod gu mosach ris a' chloinn nuair nach biodh inbhich eile mun cuairt.

"Duilich," thuirt Flòraidh, a h-aodann a' fàs dearg agus i a' putadh na tè bige air a socair. "Siuthad, Ella; tha cuimhne agad air Miss Rothach, nach eil? Agus air Miss NicCoinnich."

"Och, na gabh dragh, a Fhlòraidh," fhreagair Criosaidh Rothach. "Cuiridh sinn eòlas air a chèile a dh'aithghearr anns an sgoil. Nach bi sin math, Ella?"

Gun feitheamh ri freagairt, thionndaidh i a dh'ionnsaigh an dorais, na sàilean aice a' bragadaich air an ùrlar fhiodha agus a companach na ruith às a dèidh, mar ghocan-cuthaige gu dìleas a' leantainn a chompanaich.

---

mar ghocan-cuthaige *like a cuckoo's attendant*

Thòisich Ella a' gàireachdainn. *Chan eil thu cho maol*, smaoinich Flòraidh agus i a' dèanamh gàire air ais rithe. B' e faothachadh a bh' ann dhi gun robh Ella ann an triom na b' fheàrr an-diugh, agus b' ann air a seo a bha i a' smaoineachadh nuair a thàinig nighean bheag bhàn ann an dreasa ghorm a-nall air a socair is a sheas i rin taobh.

"Am faod Ella tighinn a-mach a chluiche còmhla rium?" dh'fhaighnich i. "Thuirt Mamaidh gum faodainn a dhol a-mach greiseag bheag, seach gu bheil i cho blàth a-staigh an seo."

"Hallò a Mheusaidh," thuirt Flòraidh gu coibhneil. "Ciamar a tha thu a-nochd?"

Ged a bha Flòraidh a' tuigsinn glè mhath gur ann air a' phacaid shuiteas a bha sùil Meusaidh, cha b' urrainn dhi gun a bhith air a dòigh nuair a chunnaic i an toileachas a bh' air aodann Ella. "Feuch am bi sibh modhail, ma-thà," thuirt i riutha, "agus nach tèid sibh faisg air an rathad-mhòr."

Leig Ella sgread aiste agus rinn i air an doras, Piullag aice fo a h-achlais agus Meusaidh NicAoidh ga leantainn leis a' phacaid shuiteas.

"Bi faiceallach, Ella!" dh'èigh Flòraidh às a dèidh, ach bha iad air falbh. Chrath i a ceann agus rinn i gàire. Thuirt i rithe fhèin gum b' fheàirrde an tè bheag a bhith a' measgachadh le a co-aoisean mus tòisicheadh i san sgoil, agus gum feumadh i barrachd saorsa a thoirt dhi sin a dhèanamh. Bha fios aice gun robh i a' cur seachad cus

---

Chan eil thu cho maol *idiom: You're not so daft*

ùine còmhla rithe fhèin is ri Granaidh, agus nach robh i ro mhath air caraidean a dhèanamh. Ach bha Meusaidh NicAoidh laghach gu leòr. Smaoinich i gum feumadh i iarraidh oirre a thighinn suas a chluiche còmhla ri Ella, nan leigeadh a màthair leatha. Thug i sùil eile timcheall an talla ach cha robh sgeul air Coinneach.

Chaidh i a-null a dh'iarraidh cupa teatha agus cheannaich i tiogaidean rafail. Nuair a chaidh i air ais chun an t-suidheachain aice, thàinig Miss Baxter, a bhiodh a' teagasg Clas a h-Aon san Lùnastal, a-nall a chòmhradh rithe greiseag. An uair sin stad Nanag a' Ghobha, a dh'fhaighneachd dhi ciamar a bha Mòr. Fhad 's a bha iad a' bruidhinn, mhothaich Flòraidh gun robh Meusaidh air tilleadh a-steach dhan talla leatha fhèin. Choimhead i mun cuairt ach cha robh sgeul air Ella. Bha a' mhòr-chuid de dhaoine a-nis air ais anns na suidheachain aca, agus bha Ailig Moireasdan shuas air an àrd-ùrlar, far an robh e a' cur fàilte air gille beag a bha a' dol a ghabhail òran.

Dh'fhairich Flòraidh gath iomagain a' dol troimhpe fhad 's a sgrùd i gach oisean dhen talla a' coimhead airson na tè bige. Smaoinich i airson mionaid gur dòcha gun robh i air a dhol dhan taigh-bheag, ach bha fios aice nach robh Ella ro dhèidheil air sin a dhèanamh ach a-staigh aca fhèin. Ge b' oil leatha, bha guth beag buaireasach air cùl a h-inntinn ag ràdh rithe gun robh rudeigin ceàrr. Bha i a' miannachadh gun sguireadh Nanag a chabadaich, ach lean i oirre, a briathran mar shrann seillein na cluais.

Ge b' oil leatha *In spite of herself*

"Gabh mo leisgeul, a Nanag," thuirt Flòraidh mu dheireadh, a' briseadh a-steach air a cainnt. "Ach feumaidh mi falbh."

Ged a bha i a' cluinntinn na tèile a' gearan fo a h-anail fhad 's a bha i a' dèanamh air an doras, bha Flòraidh coma. Ruith i a-mach a ghàrradh na sgoile, a sùilean a' sireadh a-null is a-nall airson a' chinn bhig dhuibh – ach cha robh Ella an sin na bu mhotha.

* * *

Bha e furasta gu leòr do dh'Ella cuidhteas fhaighinn de Mheusaidh, aon uair 's gun do dh'fhosgail i a' phacaid shuiteas. Bha dithis nighean bheaga eile air tighinn a-nall, agus cha b' fhada gus an robh an triùir aca trang a' cagnadh, gun ghuth aca oirrese. Thuirt i rithe fhèin nach biodh i ro fhada, agus gum biodh Mamaidh ceart gu leòr gus an tilleadh i. Mura bitheadh, nach b' e a coire fhèin a bh' ann? Bha fios aice glè mhath nach bu toigh leatha cus fuaim – no a bhith a' dol gu rudan far an robh tòrr dhaoine – ach thug i oirre tighinn chun na sgoile a-nochd a dh'èisteachd ri tòrr glaodhraich. 'S dòcha nach biodh for aice gun do dh'fhalbh i, ge-tà – bhiodh i uaireannan air falbh ùineachan mus mothaicheadh Mamaidh nach robh sgeul oirre. Leis an smuain sin ga brosnachadh, chaidh i a-mach air geata na sgoile agus rinn i cabhag a dh'ionnsaigh rathad a' Ghlinne.

Nuair a ràinig i taigh Granaidh, chaidh i a-null chun na cruaiche-mònadh agus an dèidh beagan rùilich, lorg i a' mhàileid phàipeir leis an aran-choirce is an tarraig a bha i air a thasgadh am measg nam fàdan. Rinn i gàire nuair a smaoinich i air cho innleachdach 's a bha i air a bhith, agus nuair a thug i sùil air Piullaig, chunnaic i gun robh ise a' gàireachdainn cuideachd. Fhad 's a bha i ag ithe an arain-choirce, smaoinich i air na sìthichean beaga a bhiodh an-dràsta fhèin a' dannsa shuas aig a' Chreig Sheunta, agus a chitheadh i a dh'aithghearr, nan dèanadh i cabhag. Dh'fhairich i gaoir a' dol troimhpe agus bhuail i a basan ri chèile – cha leigeadh i a leas dragh a ghabhail gum beireadh iad oirre, nuair a bhiodh i cho luath ri Luran fhèin ann an ùine nach biodh fada!

Ruith i a-null chun a' gheata agus air ais chun na cruaiche. Chaidh i ceithir tursan timcheall an t-seada agus an uair sin suas chun an ròp-anairt. B' ann le briseadh-dùil a mhothaich i nach robh i càil na bu luaithe na 'n àbhaist. Thàinig e a-steach oirre gur dòcha nach robh i air gu leòr aran-coirce ithe, no gun toireadh e greis mus obraicheadh e. Bhiodh e cho math dhi pìos eile a ghabhail, smaoinich i – dìreach airson a bhith cinnteach. An dèidh dhi Piullag fhàgail an tacsa na cruaiche, shiolp i air a socair a-null chun an dorais-chùil agus chaidh i a-steach.

Bha Granaidh na cadal anns a' chidsin, ach bha i air gluasad bhon bheinge chun an t-sèitheir chofhurtail ri taobh an stòibh. Stad Ella greis ga coimhead. Mhothaich i

---

am measg nam fàdan *amongst the peats*
ròp-anairt *washing line*

gun robh dath car neònach air a h-aodann agus gun robh i a' dèanamh fuaimean beaga annasach an-dràsta is a-rithist. Bha am botal-teth aice air tuiteam chun an ùrlair, ach cha leigeadh an t-eagal le Ella a chur air ais na h-uchd mus dùisgeadh i. Rinn a' chailleach srann mòr, faramach a thug oirre clisgeadh. An uair sin, chuimhnich Ella air fàth a turais, agus smaoinich i gum b' fheàrr dhi a bhith sgiobalta.

Cha robh i ach air am mullach a thoirt à tiona an arain-choirce nuair a chuala i fuaim neònach eile. An toiseach, bha dùil aice gur e Granaidh a bh' ann, gus an do dhrùidh e oirre gun robh Cailleach an Uillt air tòiseachadh a-rithist. Dh'fhairich Ella diomb ga bualadh agus rinn i osna mhòr chrosta nuair a smaoinich i gun cuireadh an rànaich an t-eagal air na sìthichean. Dh'fheumadh i a dhol a lorg na Cailliche anns a' bhad – agus maoidheadh oirre i a bhith sàmhach!

Thug Ella sùil chabhagach air Granaidh, ach bha i fhathast na suain. Smaoinich i air Piullaig, a bha na h-ònrachd a-muigh anns a' ghàrradh, agus thuirt i rithe fhèin gum biodh e cho math dhi a fàgail anns a' chruaich gus an tilleadh i air ais. Bha Piullag bhochd cho gealtach, agus bha Ella cinnteach gun deigheadh i às a ciall nam faiceadh i cailleach mhòr, ghrànda. Dh'fheumadh i falbh suas chun an uillt leatha fhèin mus deigheadh i a lorg nan sìthichean – agus nan tigeadh a' Ghruagach Ghlas às a dèidh, ruitheadh i air falbh, cho luath ris a' ghaoith!

---

fàth a turais *the reason for her trip*
na h-ònrachd *on her own*

* * *

Bha Coinneach na shuidhe anns a' cheann shuas, glainne uisge-bheatha aige na làimh agus e taingeil nach leigeadh e a leas duine fhaicinn gu madainn Diluain, mura togradh e fhèin. Bha e dìreach air a shàrachadh agus e a' beachdachadh air a h-uile càil a bh' air tachairt dha sa cheala-deug a chaidh seachad – anns na trì seachdainean a chaidh seachad, nam biodh tu a' cunntas na seachdaine doirbhe mu dheireadh a bh' aige còmhla ri Ailios. Chaidh crith-oillt troimhe a' smaoineachadh mu dheidhinn agus thug e balgam eile às a' ghlainne.

Ged a dh'iarr Fiona air a dhol chun a' chonsairt còmhla rithe, agus a thuirt e gur dòcha gun deigheadh e ann, cha robh dùil no miann sam bith aige sin a dhèanamh. Thraogh e a' ghlainne agus dhùin e a shùilean. Bha Luran na chadal shìos anns a' chidsin agus bha Coinneach an dòchas nach gluaiseadh e às a sin a' chiad treis, oir cha robh sannt sam bith aige a dhol a-mach cuairt leis a-nochd.

Cha robh e air norradh cadail fhaighinn a-raoir, eadar na droch aislingean agus na smuaintean dorcha aige fhèin. Mu dheireadh, bha e air èirigh agus air a dhol a-mach chun an dorais-chùil, far an do sheas e airson ùine mhòir ag èisteachd ri fuaimean na maidne. Bha e am beachd tilleadh dhan leabaidh nuair a thòisich an glaodhaich a-rithist. Ged nach robh e buileach còig uairean, bha e air a dhol sìos chun a' chidhe agus air suidhe greis a' coimhead nam bàtaichean anns a' bhàgh, e a' sireadh fois nach gabhadh faighinn. Chaidh e dhachaigh nuair a thòisich am baile a' tighinn beò, gràin aige air tilleadh suas dhan Chadha Ghlas, ach fios aige gum feumadh e aghaidh a chur air an taigh agus dèanamh deiseil airson na sgoile.

Cha b' urrainn dha gun a bhith a' smaoineachadh air litir a mhàthar, na faclan a bh' innte ga chuartachadh mar mhac-talla oillteil nach gabhadh stad: *Tha mi deimhinne gur e droch chomharra a th' ann, aig a bheil ceangal air choreigin ri Coinneach... aig a bheil ceangal air choreigin ri Coinneach... aig a bheil ceangal air choreigin ri Coinneach...*

Gach uair a dh'fheuchadh e ri cadal, thilleadh na briathran eagalach ud air ais thuige, gun truas no gun tròcair, a' toirt air smaoineachadh gum biodh iad glacte gu sìorraidh na cheann. Aig amannan, thigeadh e a-steach air gun robh e a' dol às a rian – gus an cuimhnicheadh e air a mhàthair. An robh ise às a rian cuideachd? Bha fios aige nach robh, agus ged a bha iomadh ceist eile ga bhuaireadh, cha robh freagairt aige airson gin dhiubh.

Chuir e a' ghlainne fhalamh air a' bhòrd agus sheas e aig an uinneig, a' coimhead a-mach dhan ghàrradh. B' ann le faothachadh a mhothaich e nach robh càil ri chluinntinn a-nochd ach srann ìosal a' bhàta-aiseig shìos aig a' chidhe. Bha e toilichte cuideachd nach robh sgoil aige a-màireach, agus smaoinich e gun gabhadh e drudhag eile uisge-bheatha. Cha robh e ach air am botal a thogail far an dreasair nuair a thòisich an t-uabhas a-rithist.

An turas seo, cha b' ann fada air falbh a bha am fuaim idir: bha e mar gum biodh e shuas anns an t-similear, no air mullach an taighe – cha robh Coinneach buileach cinnteach cò às a bha e a' tighinn, ach bha e a' sgoltadh sàmhchair an fheasgair agus a' criothnachadh gach òirleach dhen taigh. Chuimhnich e air na h-ospagan dòlasach is air a' ghlaodhaich a bha e air a chluinntinn mar-thà, ach bha seo eadar-dhealaichte – na bu làidire buileach is gu math na b' eagalaiche, mar gun robh rudeigin olc a' feuchainn ri làmh-an-uachdair fhaighinn air agus a chur à cochall a chridhe. Ach nuair a smaoinich e air na beagan sheachdainean a dh'fhalbh, agus mar a bha a bheatha air atharrachadh, cha b' e eagal a bhuail e ach fearg. Mus b' urrainn dha stad a chur air fhèin, chath e am botal, fad a làimhe, a-null a dh'ionnsaigh an àite-theine, far an deach e na sgealban air an lic. Ann an làrach nam bonn, stad am fuaim.

Choimhead Coinneach le uabhas, mar gum b' e cuideigin eile a bh' air an gnìomh borb seo a dhèanamh. Sheas e mionaid, ag èisteachd, ach cha robh càil ri chluinntinn a-nis ach comhartaich Lurain, a bha air tighinn na dheann a-nuas bhon chidsin agus e a' ruith a-null is a-nall air beulaibh an àite-theine. Le crith na dhà ghlùin, chaidh Coinneach a-null chun na h-uinneige agus shuidh e aig a' bhòrd, e a' sèimheachadh a' choin le cagarsaich ìosal nach robh idir a' riochdachadh mar a bha e a' faireachdainn.

B' ann an uair sin a chunnaic e Ella.

Bha i letheach slighe suas an leathad, na sgiathan beaga aice a' plapraich air a druim agus i a' dèanamh le cabhaig air Beinn Chianabhail. Dh'fhuirich Coinneach greiseag, feuch an nochdadh Flòraidh cuideachd, ach nuair a chaidh mionaid no dhà seachad agus gun duine às a dèidh, thuig e gun robh Ella Bheag leatha fhèin.

An toiseach, cha do rinn e càil. Chuimhnich e air latha an agallaimh, nuair a bha i air tighinn dhan taigh aige gun fhiosta dha. Cha robh innte ach bodraigeadh, thuirt e ris fhèin, agus cha robh gnothach aigesan rithe. 'S mathaid nach b' e taing a gheibheadh e na bu mhotha, nam falbhadh e às a dèidh. Nach robh trioblaidean gu leòr aige fhèin, gun a bhith a' sireadh feadhainn dhaoine eile? Choimhead e air an àite-theine agus rinn e osna. Thàinig e a-steach air gum b' fheàrr dha a' ghlainne bhriste a sguabadh mus gearradh i Luran. Dh'fhosgladh e botal eile an uair sin agus ghabhadh e drama mus deigheadh e dhan leabaidh. 'S mathaid gun dèanadh e beagan leughaidh. Nach robh fad na h-oidhche aige, dèanamh mar a thogradh e fhèin?

Chaidh cairteal na h-uarach seachad. An-dràsta 's a-rithist, bheireadh e sùil a-mach air an uinneig, ach cha robh càil ri fhaicinn agus bha an t-àite na thost. Ach bha faireachdainn mhì-shaorsainneil ga bhuaireadh, agus inntinn a' tilleadh a-rithist is a-rithist chun na tè bige. Ge b' oil leis, cha b' urrainn dha gun a bhith a' cuimhneachadh air na thuirt Flòraidh ris shuas anns a' bheinn, agus an dragh a bh' oirre an latha nach robh sgeul aice air Ella.

"Dè do bheachd, a Lurain?" thuirt Coinneach air a shocair. "Dè nì sinn?"

Stad an cù tiotan, mar gun robh e a' tuigsinn imcheist a mhaighstir, mus do rinn e sgal mòr de chomhart agus a ruith e sìos dhan chidsin. Le osna eile, chuir Coinneach air a bhrògan agus, a' leantainn Lurain, rinn e air an doras.

14

An Glupa Dubh

Sheas Coinneach air cùlaibh an taighe, a làmh ri a mhala agus e a' sgrùdadh na h-àrainne. Cha robh càil ri fhaicinn ach Luran, a bha a' bocadaich gu sunndach tron fhraoch mar gun robh e a' tuigsinn gun robh cunnart air choreigin am fagas a dh'fheumadh e a stad.

"Ella!" dh'èigh Coinneach aig àirde a chlaiginn, ged a bha fios aige nach tigeadh freagairt air ais. Thug e sùil air uaireadair agus chunnaic e gun robh e gu bhith naoi uairean. Cha robh e a' tuigsinn carson a bhiodh an tè bheag shuas anns a' bheinn mun àm ud dhen oidhche leatha fhèin. "Càit an aon donas a bheil do mhàthair?" thuirt e fo anail, agus e a' smaoineachadh cho mì-chùramach 's a bha Flòraidh, a leigeadh leis an tè bhig falbh mar siud nuair a bu chòir dhi a bhith anns an leabaidh.

Lean e an t-slighe a ghabh e Là na Sàbaid. Bha morbhan an uillt a' tighinn na bu ghiorra dha leis a h-uile ceum, a' toirt air cuimhneachadh air a liuthad fuaim eagalach a chuala e anns a' cheala-deug a chaidh seachad, agus gach aisling ghrànda a thug air clisgeadh na dhùisg. Thàinig e a-steach air cho furasta 's a bhiodh e cromadh air ais sìos chun an taighe, am botal uisge-bheatha fhosgladh agus suidhe aig an teine le leabhar. Ach bha fios

---

am fagas *nearby*
morbhan an uillt *the babbling of the stream*

aige nach b' e seo an t-àm airson gealtachd no gèilleadh, agus a' cur na smuaine an dàrna taobh, rinn e spàirn a dhol na bu luaithe.

Bha anail na uchd fhad 's a bha e a' dìreadh suas gualainn na beinne, a shùilean a' sireadh a-null agus a-nall airson na tè bige. An-dràsta is a-rithist, stadadh e agus dh'èigheadh e a h-ainm. An uair sin, dhèanadh e fead chruaidh ri Luran, ach cha robh càil a' tilleadh air ais thuige ach mac-talla èiginneach a ghuth fhèin.

Nuair a ràinig e a' Chreag Sheunta, stad e airson anail a leigeil, e na leth-chrùban le a dhà làimh air a ghlùinean agus e a' beachdachadh air càit an cuireadh e aghaidh a-nis. Bha sgreamh aige ron allt, ach bha fios aige gum feumadh e coimhead an sin cuideachd mura lorgadh e an tè bheag. B' ann an uair sin a chuala e am plub.

Dh'èirich e na sheasamh gu cabhagach. Cha robh teagamh nach b' e splais a bha e air a chluinntinn – mar rudeigin an ìre mhath trom a' tuiteam dhan uisge – agus na dhèidh, comhartaich bras Lurain. Ged nach robh mòran misneachd aige air fhàgail, agus a bha cràdh geur na chliathaich, lean e am fuaim.

Nuair a ràinig e an t-allt, bha Luran ann roimhe, e air leum a-null chun an taoibh thall agus e gus a dhol às a rian a' comhartaich. Thug Coinneach sùil mun cuairt agus chaidh gaoir troimhe nuair a chunnaic e gun robh e anns an dearbh àite a bha e air a bhith a' faicinn na chadal. Mu choinneamh, bha an Glupa Dubh a' plubraich, an t-uisge dorcha a bha na bhroinn a' sruthadh a-nuas bho eas torranach os a chionn. Cha robh sgeul air an tè bhig.

"Ella!" ghlaodh e agus a chridhe na shlugan, e a' coimhead sìos dhan ghlupa dhomhainn agus an uair sin dhan allt dhubh, bhras-uisgeach a bha a' falbh às. Bha na h-aislingean uabhasach a' tilleadh thuige, tè mu seach, agus ged a bha fios aige mar a bha iad a' crìochnachadh, chath e dheth a bhrògan is a stocainnean agus leum e a-steach dhan bhùrn.

Leig e ràn às nuair a bhuail am fuachd e, agus thug e mionaid a' feuchainn ris a' ghrunnd a lorg le a chasan. Ach bha an Glupa Dubh fada ro dhomhainn, agus gach uair a dhèanadh e oidhirp airson seasamh, thigeadh an t-uisge suas mu a cheann agus dheigheadh e fodha a-rithist. Cha robh dol às aige ach anail mhòr, dhomhainn a tharraing agus tumadh sìos dhan dorchadas.

* * *

Cha robh Ella buileach cinnteach dè bha a' tachairt dhi. Chitheadh i dathan drithleannach a' tuainealaich is a' dannsa fa chomhair a sùilean, agus ged a bha fios aice gun robh i shìos fon uisge, cha robh sgath eagail oirre. *Nach neònach sin*, thuirt i rithe fhèin agus i a' feuchainn ri grèim fhaighinn air a' ghath-sholais orains a bha a' clisgeadh gu mear mu a coinneamh. Gach turas a bha e gu bhith aice, chluinneadh i gàire beag aighearach agus ghluaiseadh an solas air falbh bhuaipe.

Cha robh dol às aige *He had no alternative*
dathan drithleannach a' tuainealaich *sparkling colours swirling*
gu mear *playfully*

Bha i air feuchainn ri snàmh nuair a thuit i dhan Ghlupa Dhubh, ach cha robh e cho furasta 's a bha i an dùil. Cuideachd, bha na sgiathan aice ga draghadh sìos fon uisge agus cha robh dòigh aice air an toirt far a druim. Nuair a bha i a' strì leotha, dh'fhalbh am pocan leis an tarraig às a làmhan, sìos am measg nan clachan a bh' air ùrlar an uillt.

An toiseach, bha seòrsa de chràdh na broilleach, ach nuair a dh'fhalbh an dorchadas agus a thòisich na solais a' deàrrsadh, dh'fhairich i a ceann a' fàs aotrom agus ciùineachd mhilis ga cuartachadh. B' ann an uair sin a chuala i a' chireasail – *gàire shìthichean*, thuirt i rithe fhèin, ged nach robh i buileach cinnteach am bu toigh leotha uisge no am b' urrainn dhaibh snàmh. Ged nach fhaiceadh i iad, bha i deimhinne gun robh iad faisg air làimh, agus nuair a dh'fheuch i ri gàire a dhèanamh air ais riutha, thàinig sreath de bhuilgeanan geala às a beul. Chuimhnich i air maighdeann-mhara bheag shunndach a chunnaic i uaireigin air an telebhisean agus bha i toilichte gu leòr a bhith a' gluasad a-null is a-nall anns an t-solas. Thàinig e a-steach oirre gum b' urrainn dhìse fuireach an seo fon uisge cuideachd, seach a dhol dhan sgoil. Cha robh am fuachd a' dèanamh dragh sam bith dhi agus bha i a' smaoineachadh gum biodh e gu math inntinneach. Ach an uair sin, chuimhnich i air Mamaidh is air Granaidh is air Piullaig, agus bhuail gath aithreachais i nach robh i air a bhith na b' fhaiceallaiche. Airson mionaid, bha dùil

---

a' chireasail *the giggling*

aice gum faca i aodann Choinnich mu a coinneamh, ach thuirt i rithe fhèin nach robh rian gun robh esan an seo cuideachd. Bha dùil aice an uair sin gum faca i aodann Màiri Dhùghaill, ach nuair a dh'fheuch i ri gluasad a-null ga h-ionnsaigh, chunnaic i falt fada, glas agus thionndaidh an ìomhaigh na aodann grànda, borb mus deach a h-uile càil dorcha a-rithist.

* * *

Ged nach robh for aige, cha robh Coinneach ach beagan shlatan air falbh bho Ella. Fhad 's a bha ise a' beachd-achadh air sìthichean is air maighdinnean-mara is air Màiri Dhùghaill, bha esan a' feuchainn ri snàmh cho math 's a b' urrainn dha fon uisge. Bha e a' caoidh a-nis gun robh e air a' ghlainne uisge-bheatha òl, oir cha robh e a' faireachdainn ach lag agus bha tuainealaich a' tighinn na cheann. An-dràsta 's a-rithist, nuair a bha a sgamhanan gus spreadhadh, thilleadh e suas chun a' mhullaich airson anail mhòr, dhomhainn a tharraing.

Mar a bha an ùine a' dol seachad, bha faireachdainn mhì-chofhurtail a' drùdhadh air, car coltach ris an rud a dh'fhidir e air a' bheinn Là na Sàbaid. Ged a bha e doirbh dha mòran fhaicinn shìos anns an doilleireachd, bha Coinneach deimhinne gun robh droch rud air choreigin faisg air làimh – agus ag èaladh ga ionnsaigh anns an uisge. B' ann nuair a dh'fhairich e rudeigin bog a' suathadh na aodann, agus a shaoil leis gum faca e falt fada, glas a' gluasad air a bheulaibh a leig e às an ràn mòr a b' eagalaiche a rinn e riamh na bheatha. Nuair a chuala e ràn eile a' tighinn air ais thuige a bha na b' eagalaiche buileach – agus a bha a' luasgadh an uisge is a' cur fhiaclan air chrith – cha robh càil air aire ach faighinn a-mach às a' bhùrn. A dh'aindeoin sgìths is geilt, chaidh aige air e fhèin a tharraing gu cabhagach chun an taoibh eile agus air sreap suas gu bruach an uillt, far an do laigh e air an fheur, a chridhe a' slacadaich na chom is e a' smaoin-eachadh gun robh e a' dol a bhàsachadh leis an eagal.

* * *

Chuir an ràn iongnadh air Ella. Ged a bha e caran mùchte fon uisge, cha robh teagamh nach b' e cuideigin ag èigheach a bh' ann, agus thàinig e a-steach oirre gur dòcha gun robh Mamaidh ga lorg. Smaoinich i mar a bha am plana aice air a dhol cho fada ceàrr.

A' Ghlaistig ghrànda a bu choireach, thuirt i rithe fhèin. Bha fios aice nach creideadh duine i – eadhon Granaidh – nam b' urrainn dhi innse dhaibh gun robh i air Cailleach Glupa Dubh an Uillt fhaicinn. Ach chunnaic i a h-aodann glas – agus am falt aice, a bha coltach ri ròpan fada feamad a' gluasad a-null is a-nall anns an uisge. Agus ged a bha i grànda is mosach a' coimhead – agus a bha i a' tuigsinn gun robh rudeigin dona a' dol a thachairt do

---

geilt *terror*

chuideigin air a sàillibh – bha fios aig Ella na cridhe nach robh a' Ghruagach Ghlas am beachd cron sam bith a dhèanamh oirrese.

Bha i duilich nach fhaca i na sìthichean, ach bha i cinnteach a-nis gun robh iad ann. Bha i an dòchas gun tilleadh iad a chluiche còmhla rithe uaireigin eile, nuair a thilleadh na solais bhrèagha. Ach an toiseach, smaoinich i gum b' fheàrr dhi Mamaidh a lorg.

Dh'fheuch i ri gluasad. Bha a casan is a gàirdeanan a' faireachdainn caran trom agus bha a ceann a' fàs goirt. Thàinig rabhaidhean Granaidh a-steach oirre agus bha i a' caoidh a-nis nach robh i air fuireach air falbh bhon allt. Smaoinich i gun caidleadh i greiseag – dìreach greiseag bheag, bhìodach – agus an uair sin gun cuireadh i a h-aghaidh air taigh Granaidh, far am biodh Mamaidh ga feitheamh.

'S gann gun robh i air a sùilean a dhùnadh nuair a dh'fhairich i làmhan caola, fada a' slaodadh dhith a sgiathan agus ga togail a-mach às an uisge.

* * *

Bha Coinneach fuar. Cha mhòr gum b' urrainn dha gluasad agus bha fhiaclan a' snagadaich. Bha e fhathast na laighe air bruach an uillt, a chridhe a' plosgartaich na chom agus mìle smuain dorcha a' ruith tro inntinn. Cha b' urrainn dha a chreidsinn nach do lorg e an tè bheag.

Bha e air gach cùil is ceòb fon uisge a rannsachadh, ach a dubh no a dath cha robh ann. Dè a bha e a' dol a ràdh ri Flòraidh? Dheigheadh i às a rian, le cinnt. Dh'fhairich e tùirse is tàmailt ga bhualadh. Cha robh esan air a bhith gu mòran feum dhi! Dè chanadh Mòr nuair a chluinneadh i? Chaidh gaoir troimhe agus dh'fheuch e ris na smuaintean eagalach a chur às a cheann. Thàinig e a-steach air gum biodh e air a h-uile càil dhen seo a sheachnadh nam biodh e air a dhol gu consairt na sgoile agus theab e lasgan mòr gàire a dhèanamh.

Cha robh sgeul air Luran a bharrachd. Cha robh e a' tuigsinn carson nach robh e a' faicinn no a' cluinntinn a' choin, a bha daonnan glic, umhail agus nach rachadh uair sam bith ro fhada air falbh bhuaithe nuair a bha iad a-muigh cuairt. Ach cha robh e na iongnadh sam bith gun robh e air teiche bhon àite ghrànda seo, thuirt Coinneach ris fhèin.

Bha an t-adhar a' dorchnachadh agus bha a' ghaoth air èirigh. Dh'fhairich Coinneach boinnean uisge a' bualadh air aodann agus smaoinich e gum b' fheàrr dha feuchainn ri gluasad, ach bha cràdh na mhionach agus bha e air a lèireadh leis an sgìths. Thàinig e a-steach air nach robh àite air thalamh cho aonaranach ris an àite seo, agus bha e follaiseach dha a-nis carson a bha uimhir de ghràin aig na cailleachan air. Cha robh e buileach cinnteach dè a bh' air tachairt dha shìos fon uisge, ach thuirt e ris fhèin nach rachadh e air ais chun a' Ghlupa Dhuibh ri

---

gach cùil is ceòb *every nook and cranny*
a dubh no a dath *idiom: hide nor hair*

mhaireann. Ach ged a bha fadachd air faighinn air falbh, cha b' urrainn dha gluasad. Smaoinich e gun dùineadh e a shùilean – dìreach airson mionaid – mus cromadh e sìos dhan Chadha Ghlas. Mean air mhean, leig e leis an sgìths falbh leis, gus nach robh a smuaintean buileach cho geur agus a bha an cràdh a bha e a' faireachdainn na inntinn is na bhodhaig a' traoghadh air falbh.

B' ann an uair sin a chuala e casad beag, dlùth ri a chluais, a thug air clisgeadh gu a mhothachadh agus a shùilean fhosgladh gu h-obann le iongnadh. Bha fios aige gun robh rudeigin – no cuideigin – faisg air làimh oir bha e a' cluinntinn anail ga tarraing. An-dràsta is a-rithist, leanadh aileag bheag am fuaim. An toiseach, cha leigeadh an t-eagal leis coimhead, ach nuair a thionndaidh e a cheann agus a thug e sùil, cha robh guth aige tuilleadh air cràdh no air sgìths – oir bha Ella Bheag na sìneadh ri thaobh air an fheur.

15

Deireadh an Sgeòil…

"A bheil thu cinnteach gu bheil thu ceart gu leòr, a Choinnich?" thuirt Flòraidh. "Bhithinn a' faireachdainn tòrr na b' fheàrr nan leigeadh tu leis an dotair coimhead ort."

"Chan eil càil ceàrr orm – air m' onair," fhreagair Coinneach gu cabhagach, ged nach robh e buileach ag innse na fìrinne. "Cha robh mi ach beagan mhionaidean anns an uisge."

Bha iad nan suidhe a-muigh aig doras an ospadail, ag òl cofaidh à cupannan-pàipeir. Cha robh ach cairteal na h-uarach bhon a dh'fhalbh a' heileacoptar le Mòir, agus i air a rathad a Ghlaschu far an robh na goireasan meidigeach nach robh rim faotainn ann am Baile a' Chamais.

Thill inntinn Choinnich chun an t-seallaidh a chunnaic e na bu tràithe nuair a nochd e fhèin 's an tè bheag aig bàrr an leathaid. Nuair a chunnaic e an ambaileans aig doras Mòire, airson diog ghrànda leum a chridhe le faothachadh, agus thuirt e ris fhèin gur dòcha gun robh fàisneachd na Glaistige air tighinn gu buil. Ach cha b' fhada gus an do thionndaidh an fhaireachdainn sin gu nàire, nuair a chunnaic e streadsair a' tighinn a-mach às an taigh agus a' chailleach bhochd na sìneadh air.

"'S e sealbh a rinn gum faca tu Ella agus gun deach thu às a dèidh," thuirt Flòraidh air a socair. "Ach chan eil fhios a'm fhathast ciamar nach deach a bàthadh – no ciamar a lorg thu i agus a chaidh agad air a slaodadh a-mach às a' Ghlupa Dhubh."

Cha tuirt Coinneach guth.

"Dh'fhalbh i orm gun fhiosta, cho luath ris a' ghaoith. Bha dùil agam gun robh i còmhla ris a' chloinn eile. Aon mhionaid, bha sinn aig a' chonsairt, agus an ath shùil dhan tug mi, cha robh sgeul oirre."

Bha crith ann an guth Flòraidh agus bha i air an aon rud a ràdh fichead uair bhon a thàinig iad chun an ospadail. Ach is gann gun robh Coinneach ag èisteachd rithe. Bha e fhathast anns an aodach fhliuch a bh' air nuair a shreap e a-mach às an abhainn, agus ged a thug muinntir na h-ambaileans plaide dha, bha fadachd air faighinn dhachaigh. Ach cha bu dùraig dha Flòraidh fhàgail leatha fhèin. "Cha b' e do choire-sa a bh' ann," thuirt e mu dheireadh. "Tachraidh rud ann am priobadh na sùla."

"Cha bhiodh sgath air tachairt nam biomaid air fuireach còmhla ri Granaidh bhochd, an àite a dhol chun a' chonsairt," thuirt Flòraidh agus i a' toirt siogarait às a baga. "Agus tha ise a-nis aig uchd bàis, air sàillibh nach do mhothaich mise nach robh i gu math."

"Och, bidh Mòr ceart gu leòr ann an latha no dhà," thuirt Coinneach. "Cuiridh mi geall gum bi."

"Cha mhòr a b' fheàirrde i sinne ga fàgail leatha fhèin!"

---

aig uchd bàis *idiom: at death's door*

Bha an t-siogarait aice fhathast na làimh ach cha robh i ach a' cluiche leatha. "Bha dùil agam gur e a cruachan a bha goirt – cò a smaoinich riamh gun robh i a' dol a ghabhail stròc."

"Uill, bha i fortanach gun deach thu suas an dàrna turas," thuirt Coinneach. "Agus nach math gu bheil fòn aice fhèin a-staigh, gun bhiùc siognail shuas anns a' Chadha Ghlas."

"Cha robh fios a'm dè dhèanainn," lean Flòraidh oirre. "Bha mi ag èigheach aig ceann an rathaid ach cha robh duine mun cuairt! Cha b' urrainn dhomh Mòr fhàgail leatha fhèin, ach cha robh sgeul agam air Ella. Nuair a lorg mi a bòtann, bha dùil agam nach robh i ro fhada air falbh – gus an do chuimhnich mi gun robh i air bòtann a chall o chionn ceala-deug. Agus nuair a chunnaic mi Luran a' tighinn a-nuas às a' bheinn leis fhèin is e cho troimh-a-chèile, dh'aithnich mi sa bhad gun robh rudeigin ceàrr."

"Ach tha a h-uile càil ceart gu leòr a-nis," fhreagair Coinneach, agus e a' toirt sùil chabhagach air uaireadair. Bha dragh air mu Luran, a bha leis fhèin shuas anns a' Chadha Ghlas, ach bha Flòraidh ro thrang a' cur às a corp, gun ghuth aice air cho sgìth 's a bha esan no a' mhaill a bha i a' cur air.

"Cha robh mi riamh cho taingeil nuair a chunnaic mi thusa an uair sin a' tighinn a-nuas cliathaich na beinne," thuirt Flòraidh le faothachadh na guth. "Agus Ella còmhla riut!"

---

a' cur às a corp *idiom: pontificating*

“Nach math gur e nighean bheag thapaidh a th’ innte,” fhreagair Coinneach, agus e a’ feuchainn ri casg a chur air mèaran.

“Ach chan eil mi a’ tuigsinn *ciamar* nach deach a bàthadh,” thuirt Flòraidh a-rithist. Bha i a’ coimhead air Coinneach gu dùrachdach fhad ’s a las i an t-siogarait. “Ma bha i anns a’ Ghlupa Dhubh fad na h-ùine gus an do ràinig thusa. Chan eil an dotair ga thuigsinn nas motha.”

Bha e iongantach gun teagamh cho slàn, fallain ’s a bha an tè bheag. Chuimhnich Coinneach mar a lean i e sìos cliathaich na beinne gus an do ràinig iad taigh Mòire, agus mar a rinn i gàire nuair a shlaod i Piullag às a’ chruaich-mhònadh. Bha esan claoidhte, le crith na dhà ghlùin agus e a’ faireachdainn bochd. Ach, a rèir coltais, cha robh càil ceàrr oirrese – gus an do thòisich i a’ gearan nuair a mhothaich i nach robh sgeul air a sgiathan.

“Tha e math gu bheil iad ga cumail a-staigh a-nochd, ge-tà,” thuirt Coinneach mu dheireadh. “Dìreach airson a bhith cinnteach.”

“Agus tha còir agadsa duais fhaighinn airson do chuid gaisgeachd,” thuirt Flòraidh. “Chan urrainn dhòmhsa do phàigheadh air ais gu sìorraidh!”

Ge brith ciamar a bha Coinneach a’ faireachdainn, cha b’ ann gaisgeil. Chaidh grìs-fhuachd troimhe a-rithist nuair a smaoinich e air an rud mhì-nàdarra a dh’fhidir e shuas aig a’ Ghlupa Dhubh. Na inntinn, chunnaic e Ella na sìneadh air an fheur agus i ga dhùr-choimhead le a sùilean beaga soilleir. Cha robh e cinnteach an robh cuimhne aice air na thachair – no an robh fios aice nach robh a seanmhair gu math.

"Chan eil fhios a'm a bheil i a' tuigsinn mu Ghranaidh," thuirt Flòraidh, mar gun robh i air a smuaintean a leughadh. "Mòr bhochd! Ma gheibh i seachad air a seo, aig sealbh a tha brath dè thachras nuair a thig i dhachaigh. Chan urrainn dhi a bhith leatha fhèin tuilleadh…"

"Uill, nach tuirt Calum gun robh e a' dol a thighinn dhachaigh?" thuirt Coinneach. "Faodaidh esan beagan uallaich a ghabhail agus ur cuideachadh. Tha an t-àm aige!"

Thug Flòraidh sùil neònach air agus, airson mionaid, ghabh Coinneach aithreachas gun robh e air a bhith cho dàna. Dh'fhàs aodann dearg, agus gun e cinnteach am bu chòir dha a bhith a' cur sìos air a sheann charaid. Cò aig a bha fios dè na duilgheadasan a bh' aig Calum na bheatha.

"Tha thu ceart – tha an t-àm aige rudeigin a dhèanamh," thuirt Flòraidh gu searbh agus i a' cur às na siogarait. "Ghia! Bha siud grod. Tha dà bhliadhna on a sguir mi a' smocadh. Chan eil thu fhèin riutha idir?"

Mus d' fhuair Coinneach a freagairt, nochd nurs anns an doras. "Chan eil càil ceàrr," thuirt i gu cabhagach nuair a chunnaic i mar a chlisg Flòraidh. "Ach tha an tè bheag air dùsgadh agus tha mi a' smaoineachadh gu bheil i ag iarraidh Mamaidh!"

Thuig Coinneach gur e seo an cothrom a bha a

dhìth air. An dèidh dha an cupa-pàipeir a chath dhan bhiona, agus gealltainn do Fhlòraidh gum faiceadh e i a dh'aithghearr, chuir e aghaidh air an taigh, far an robh Luran agus fois ga fheitheamh.

* * *

Fhad 's a bha e a' coiseachd tron bhaile, bha Coinneach a' smaoineachadh air Mòir, shuas anns an adhar dhorcha agus i air a rathad dhan ospadal. Cò aig a bha fios an tilleadh i dhachaigh a-chaoidh? Cha b' urrainn dha gun a bhith dòchasach gur ann rithese a bha an fhàisneachd dhìomhair a' buntainn – nach robh i gu bhith ceud bliadhna, agus nach robh sin fada gu leòr do dhuine sam bith? Cha robh e air fuaim sam bith a chluinntinn on a bha e anns an uisge, agus leum a chridhe a' smaoineachadh gun robh a h-uile càil seachad a-nis. Choimhead e suas dha na speuran agus chunnaic e rionnag mhòr dhòchasach a' clisgeadh os cionn Beinn Chianabhail. Rinn e gàire agus thuirt e ris fhèin nach leigeadh e a leas tilleadh a Shasainn tuilleadh.

Nuair a bha e aig ceann-rathad an taighe-sheinnse, chaidh càr seachad air agus rinn an dràibhear dùdach mhòr, sgairteil ris. Ged nach do dh'aithnich Coinneach cò a bh' ann – no na balaich òga eile a bha a' smèideadh ris anns an deireadh – thuig e gun robh an naidheachd air sgaoileadh air feadh an eilein. Thàinig Criosaidh Rothach a-steach air, agus dh'fhairich e moit nuair a smaoinich e air cho feargach 's a bhiodh i nuair a chluinneadh i mun rud a rinn e.

Gu h-obann, chuala e cuideigin ag èigheach ainm, agus an uair sin ceumannan-coise cabhagach a' tighinn ga ionnsaigh suas bho rathad a' chidhe. Nuair a thionndaidh e, b' ann le faothachadh a chunnaic e nach robh ann ach Mata, an abhag bheag gheal aige na chois agus iad a' gabhail cuairt ann an solas na gealaich.

"Tha thu siud, a bhalaich!" thuirt am bodach ris gu frogail nuair a ràinig e far an robh Coinneach ga fheitheamh. "An ann an-dràsta a tha thu a' dol dhachaigh? Chuala mi gun robh trioblaidean agaibh shuas an sin anns a' Chadha a-nochd. A bheil cùisean ceart gu leòr a-nis?"

"Hallò, a Mhata," fhreagair Coinneach. "Chaidh Mòr a chur a Ghlaschu airson sgan, agus tha iad a' cumail na tè bige anns an ospadal gu madainn – ach tha ise ceart gu leòr."

"Nach math sin," thuirt Mata. "Agus nach math nach deach thu chun a' chonsairt, no bhiodh an tè bheag sin air a bhith bàthte, le cinnt. Nan cluinneadh tu na bha iad ag ràdh mu do dheidhinn shìos aig an sgoil a-nochd. Ò, a bhalaich – 's e seud a th' annad gun teagamh!"

Rinn Coinneach gàire agus dh'fhàs aodann dearg. Cha robh e cinnteach an ann a' tarraing a choise a bha Mata, ach bha e toilichte a bhith an lùib beagan fealla-dhà an dèidh gach àmhghar a dh'fhidir e anns na beagan uairean a thìde a dh'fhalbh.

"Bha mi fhèin is Sìleas dìreach a' gabhail cuairt," thuirt Mata agus e a' gnogadh a chinn a dh'ionnsaigh a' choin, "seach gun do rinn i turadh."

"Hallò, a Shìleas," thuirt Coinneach gu bàidheil agus e a' cromadh sìos a shlìobadh na h-abhaig, a rinn dranndan obann ris mus do dh'fheuch i ri glamhadh a thoirt air le a fiaclan beaga biorach. Chlisg Coinneach agus rinn e gàire eile, a' smaoineachadh air an fhàilte a fhuair Criosaidh Rothach bho Luran o chionn ceala-deug.

"Co-dhiù," thuirt Mata, is e a' tionndadh uaireadair ris an t-solas-shràide a bha rin taobh. "A bheil thu ag iarraidh a dhol airson drama, a bhalaich? Tha an taigh-seinnse fhathast fosgailte agus chanainn gu bheil thu airidh air rudeigin a chuireas blàths annad."

"Seall mo choltas!" fhreagair Coinneach. "Mura faigh mi dhachaigh a dh'aithghearr, 's dòcha gur e mise an ath dhuine a bhios anns an ospadal!"

"Och uill, siuthad ma-thà," thuirt Mata le gàire. "'S fheàrr dhut dèanamh air an taigh, agus 's fheàrr dhòmhsa cabhag a dhèanamh, mus dùin iad am bàr."

Leis a sin, dh'fhalbh am bodach còir, agus lean sùilean Choinnich e suas an leathad a dh'ionnsaigh an taighe-sheinnse, far am biodh còmhradh is cuideachd is blàths ga fheitheamh. Airson diog, dh'fhairich e gath aithreachais nach robh e air a dhol còmhla ris, ach an uair sin chuimhnich e air Luran, a bha ga fheitheamh aig an taigh, agus rinn esan e fhèin cabhag.

---

rinn i turadh *it had cleared up*

* * *

Nuair a ràinig e mullach rathad a' Ghlinne, sheas e greis mus do thionndaidh e suas dhan Chadha Ghlas. Bha e gu bhith uair sa mhadainn, ach chitheadh e an Camas Gorm a' deàlradh shìos fodha ann an solas na gealaich. Cha robh càil ri chluinntinn ach sluaisreadh socair na mara agus corra naosg a' sgiathalaich os a chionn air cliathaich na beinne. Bha e a' faireachdainn na bu chiùine na bha e air a bhith o chionn fhada, agus bha e air a dhòigh gun robh e air Mata fhaicinn. A rèir coltais, cha bhiodh cùisean cho dona dha a-nis anns an sgoil. Thill Criosaidh Rothach gu a smuaintean, ach bha e ag amharas nach cuireadh ise dragh air tuilleadh. Bha deagh fhaireachdainn aige gun robh piseach a' dol a thighinn air a bheatha, agus bha e fiù 's a' coimhead air adhart ri Calum fhaicinn. Cò aig a bha fios nach biodh iad cho càirdeil 's a bha iad riamh? Smaoinich e an uair sin air litir a mhàthar, agus thòisich e a' gàireachdainn. Ged a bha e duilich mu Mhòir, bha e taingeil, toilichte gun robh e fhèin slàn, sàbhailte. Bha e taingeil cuideachd nach do lorg duine fhathast far an do chuir e Ailios.

Choisich e suas a dh'ionnsaigh an taighe, e a' feadaireachd air a shocair is e a' rùileach na phòcaid airson iuchair an dorais-chùil. Agus shuas fo fhasgadh Beinn Chianabhail, bha an Glupa Dubh a' plubraich gu bagarrach, a thartaraich a' gairm gun robh a' Chailleach dìreach air dùsgadh.